성검학원의 마검사

마검사

Demon's Sword Master of Excellent School

[3]

Demon's Sword Master of Excalibur School 3

Author Yu Shimizu
Illustration Asagi Tosaka

성검학원의 마검사

Demon's Sword Master
of Excalibur School

[3]

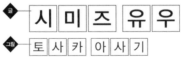

글 시미즈 유우

그림 토사카 아사기

NOVEL
ENGINE

Contents

Demon's Sword Master of Excalibur School

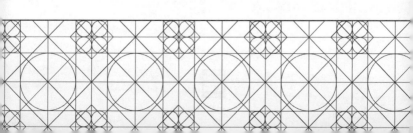

프롤로그

격렬한 사이렌이 조명이 사라진 지하 셸터에 울려 퍼졌다.

아홉 살인 리세리아는 레기나와 몸을 맞댄 채, 조그마한 어깨를 부들부들 떨고 있었다.

대광란, 〈스탬피드〉가 발생하고, 여덟 시간이 지났다.

사이렌에 섞여, 불길한 포효가 멀리서 들려왔다.

〈보이드〉 무리가, 이곳 〈제03전술도시〉 중심부까지 침입한 것 이다.

들키면 끝장이다.

저 무시무시한 괴물들은 이딴 셸터를 간단히 깨부수리라.

리세리아의 아버지 에드와르도 레이 크리스타리아 공작은 어린 딸을 지하 셸터에 억지로 집어넣은 후, 마지막 작별 인사를 나눴 다.

"아버님, 저도 〈보이드〉와 싸우겠어요!"

"안 된다. 너는 아직 〈성검〉의 힘에 눈뜨지 않았어."

출격 직전, 크리스타리아 공작은 자신에게 매달리는 딸을 달래 듯 말했다…….

"〈성검〉…… 그래도──!"

공작은 몸을 숙여, 딸의 아름다운 백은색 머리카락을 상냥히 쓰다듬었다.

"걱정하지 말렴. 이 세상에도 언젠가 〈마왕〉이 나타날 거란다."

"마왕…… 나쁜 사람인가요?"

그것은 아버지가 들려준 옛날이야기에 나온, 나쁜 괴물들의 왕이다.

딸이 어리둥절한 표정으로 고개를 갸웃거리자, 그는 쓴웃음을 지었다.

"그래. 나쁜 〈마왕〉이 나타나서, 이 멸망해 가는 세상을——."

"예……?"

그것은 딸에게 하는 말이 아니라 혼잣말에 가까웠다.

이제는 아버지가 어떤 생각으로 그런 말을 했는지, 알 수 없다.

하지만 그저 딸을 달래기 위해서 한 말치고는 절실함이 담겨 있는 것처럼 느껴졌다.

(나쁜 마왕이, 이 세상을…….)

이윽고 빛이 사라지면서, 어둠으로 뒤덮인 셸터 안에서——.

리세리아는 아버지가 말한 〈마왕〉이 와 주기를 필사적으로 빌었다.

그리고——.

——인류 통합력 58년.

제03전술도시 〈크리스타리아〉는, 〈보이드〉의 스탬피드에 의해 괴멸됐다.

제1장 가면의 마왕

Demon's Sword Master of Excalibur School

(또, 그 꿈을⋯⋯.)

잠에서 깬 리세리아 크리스타리아는 잠옷 소매로 식은땀을 닦았다.

절대로 사라지지 않는, 6년 전의 악몽.

〈제03전술도시(서드 어설트 가든)〉를 무너뜨린, 〈보이드〉의 〈스탬피드〉 기억.

(인간이 아니게 됐는데도, 여전히 꿈을 꾸네⋯⋯.)

리세리아는 그런 생각을 하며, 악몽을 떨쳐버리려는 듯이 고개를 저었다.

상반신을 일으키고 커튼을 걷자──.

쏟아져 들어온 아침 햇살을 받아, 그 백은색 머리카락이 아름답게 빛났다.

살며시 기지개를 켠 후, 투명한 아이스블루 빛깔 눈을 졸린 듯이 비볐다.

창밖을 보니, 안뜰의 나무에 새들이 앉아있었다.

상쾌한 아침을 알리는 귀엽고 작은 새들⋯⋯이 아니라──.

까악! 까악~, 까악~!

나무들을 뒤덮은 것은 덩치 크고 인상이 사나운 까마귀 무리다.

리세리아의 기상에 맞춰 '까악까악' 불길하게 우는 까마귀들.

(……으~, 더 많아졌어…….)

리세리아의 얼굴이 살짝 떨렸다.

요새 주위에 까마귀 무리가 자주 나타난다.

"역시…… 죽음의 냄새 같은 게 나는 걸까."

잠옷 소매에 코를 대고 냄새를 맡아 봤다.

향긋한 비누 냄새가 난다.

레오니스의 말에 따르면, 까마귀와 박쥐처럼 밤의 영역에 속한 동물은 본능적으로 자신들의 지배 종족인 흡혈귀의 곁에 모여든다고 한다.

"나를 따라주는 건 기쁘지만……."

리세리아는 창밖을 쳐다보며, 탄식을 토했다.

(이대로 늘어나다간, 이 기숙사에 이상한 소문이 또 돌 거야.)

광대한 〈성검학원〉의 부지 외곽에 있는 〈흐레스벨그 기숙사〉는 안 그래도 외관이 고풍스러워서 유령 저택 같다는 소리를 듣고 있다.

최근에는 밤마다 소녀 유령이 나타난다느니, 커다란 검은 개가 어슬렁거린다느니 하는 괴담마저 돌고 있었다.

까마귀 무리가 모여들기도 하니, 완전 유령 저택이다.

그야 진짜 흡혈귀가 사는 곳이니 완전히 틀린 말은 아니지만.

리세리아는 약간 흐트러진 백은색 머리칼을 손으로 쓸어 넘기며 몸을 일으켰다.

오늘은 오전에 실전 형식의 연습 시합이 있어서 일찍 일어났다.

"레오, 아침이야——."

몸을 일으키고 말을 건다.

옆방에서 자는 소년을 깨우려고, 문을 열어 보니……

"……?!"

리세리아는 문고리를 잡고 얼어붙었다.

방 안에서는…….

대걸레와 양동이를 든 메이드 차림 소녀가 바닥 청소를 하고 있었다.

어깨 높이에 맞춰 자른 윤기 넘치는 흑발. 약간 붉은 기가 감도는 황혼색 눈동자…….

리세리아와 그 소녀의 시선이 마주쳤다.

"……"

"……"

몇 초 후…….

그 소녀는 '아차' 하고 말하는 듯한 표정을 지었다.

"어……? 누, 누구……?"

눈을 깜빡이던 리세리아가 눈을 비볐다.

다시 눈을 떠 보니——.

그 메이드 소녀는 홀연히 모습을 감췄다.

◆

"젠장, 이대로 있다간 독 안에 든 쥐 신세야."

"큭, 우리가 선수를 칠까. 이대로 계속 숨어 지낼 수도 없다고."

"무모해. 우리가 지닌 무장으론 〈성검사〉를 못 이겨――."

어두컴컴한 통로에서, 다수의 발소리와 신음에 가까운 목소리가 울려 퍼졌다.

그에 맞춰 금색 눈동자가 어둠 속에서 찬란히 빛났다.

〈제07전술도시〉 제6구역―― 통칭 〈아인 특구〉.

나무에 둘러싸인 인공자연의 지하 통로에는 무장한 수인이 집결해 있었다.

〈인류 통합제국〉에 맞서고 있는 테러 조직 〈왕랑파(王狼派)〉의 잔당이다.

2주 전. 그들의 동료는 알티리아 제4왕녀의 신병 확보를 목적으로 하는, 왕족 전용함 〈히페리온〉 납치 사건을 계획했다. 하지만 그 배에 타고 있던 〈성검학원〉의 학생들의 방해로 테러 계획은 실패했다. 리더인 바스테아 콜로사프를 비롯한 정예 멤버 중 대다수가 사망했으며, 조직은 와해 직전의 상황에 직면했다.

그리고 현재, 제국이 조직한 〈성검사〉 부대가 지하에 숨은 그들을 궁지에 몰고 있었다.

"우리도 〈마검〉의 힘에 적성만 있다면――."

잔당을 이끌던 인랑 종족 남자가 분통에 찬 목소리로 그렇게 중얼거렸다.

"젠장! 왔어!"

지하 통로 전방에 누군가가 나타났다.

어둠 속에서 더욱 눈에 띄는 흰색 제복을 입은 그들은 〈성검사〉

정예 부대다.

"〈왕랑파〉 잔당들. 국가 반역죄로 너희를 체포하겠다."

〈성검사〉의 숫자는 네 명이다. 숫자는 수인들이 훨씬 많았다.

하지만, 인류가 지닌 〈성검〉의 힘은 이런 수적 열세를 간단히 뒤집을 수 있다.

"〈성검〉――액티베이트!"

〈성검사〉들의 외침이 지하 공간에 울려 퍼졌다.

"제, 젠자아아아아아아아아앙!"

수인들은 포효를 지르더니, 자포자기한 심정으로 돌격했다.

무모했다. 수인들의 신체 능력은 인류를 능가하지만, 〈성검〉의 힘에는 미치지 못했다.

(……그딴 건 잘 안다고오오오오오!!)

――바로 그때였다.

"마안이여, 겁 없는 자에게 저주를 내려라―― ^{브 라 이 드}〈석화주문〉."

어딘가에서, 그런 목소리가 은은히 들려왔다.

그 순간, 눈앞에서 격렬한 빛이 한순간 반짝이더니――.

눈앞의 〈성검사〉들이 무기를 뽑은 채로 굳어버렸다.

아무 말도 못 하는 석상 네 개가 생겨난 것이다.

"뭐, 뭐가 어떻게 된 거야."

수인들은 아연실색했다. 바로 그때――.

"――여기 있었나. 한참을 찾아다녔다."

"……윽?!"

지하 통로 안쪽. 어둠 속에서 파르스름한 빛이 떠올랐다.

그 빛에 맞춰, 저벅저벅 하는 발소리가 들렸다.

정적이 감도는 가운데, 모습을 드러낸 건——.

칠흑색 외투를 몸에 걸친 자였다.

마치 어둠 그 자체가 사람의 모습을 하고 있는 것만 같았다.

얼굴에는 해골을 모티브로 한 듯한 은색 가면을 쓰고 있었다.

"너, 너는…… 뭐야……?!"

피부에 소름이 돋는 듯한 오한을 느낀 수인들이 손에 쥔 무기를 치켜들었다.

하지만——.

"어리석은."

그 그림자는 오른손을 치켜들었다.

그러자 수인들이 든 무기가 그대로 휘어지며 지면에 떨어졌다.

"앗?!"

"내 앞에서, 무례를 삼가라."

그 목소리가 들린 순간——.

마치 물리적인 힘을 가한 것처럼, 수인들이 무릎을 꿇었다.

흉흉한 기운이 상대방의 몸에서 샘솟자, 강인한 육체가 떨렸다. 약육강식의 사상이 몸에 새겨진 수인 종족이기에, 본능적으로 알 수 있다.

눈앞에 있는 건, 차원이 다른 괴물이다.

이 세상에 군림하는, 절대적인 지배자인 것이다.

"감히 나에게 무기를 겨누는가——."

눈앞의 어둠이, 또 한 걸음 내디뎠다.

"내가 관대해서 다행인 줄 알아라. 〈수왕〉^{가조스}이라면 바로 너희를 몰살했을 테지."

"아…… 아아아, 아, 아아아아아……."

압도적인 위압감을 느낀 수인들은 고개조차 들 수가 없었다.

그렇게 넙죽 엎드린 수인들 앞에, 조그마한 사루가 놓였다.

"이, 이건……?"

잔당을 이끌던 사자족 남성이 물었다.

"너희의 두목——바스테아라 하였던가? 그자의 유해다."

"뭐——."

"그 배에서 내가 발견했을 때는 이미 재가 되어 있더군. 내 〈죽음의 영역〉의 비술을 사용한다면 저 상태에서도 언데드 괴물로 소생할 수 있지만, 그렇게까지 해 줄 의리는 없지."

"너, 너는—— 아니, 당신은, 대체……."

"나는 〈마왕〉이다."

"……마왕?"

"죽음을 관장하는 〈불사자의 마왕〉^{언데드 킹}. 이 세상의 올바른 지배자."

그 목소리가 울려 퍼지는 것과 동시에, 그 자의 온몸에서 흉흉한 아우라가 뿜어져 나왔다.

죽음을 예감케 하는, 압도적인 위압감이 느껴지자, 수인 중 몇 명이 기절했다.

"오…… 오오, 오오오……."

"그렇게 겁먹지 마라. 나는 너희의 은의(恩義)에 보답하기 위해 온 것이다."

"으, 은의……?"

"정확하게는 너희 선조에 대한 은의다. 〈샤마르 씨족〉, 〈자이스 씨족〉, 〈자칼 씨족〉. 수인 전사는 〈마왕군〉의 첨병이 되어 용감히 싸워 줬지."

아직 의식이 있는 수인들은 괴이쩍은 듯 서로를 쳐다보았다.

선조……? 이 괴물이 대체 무슨 소리를 하는 거지?

바로 그때, 〈마왕〉을 자처한 인물이 손을 내밀며 말했다.

"제국에 맞서는 자들이여. 내 수하가 되어, 〈마왕군〉의 산하에 들어오거라."

그 당당한 목소리는 지하 통로에 메아리쳤다.

"우리 와, 〈왕랑파〉의 잔당을 너…… 귀하의 수하로……?"

"그래. 너희는 내 숭고한 목적 달성을 위해 헌신하는 부하가 되는 거다. 단, 강요는 하지 않겠다. 너희의 운명은 너희 스스로 결정하도록. 하나——."

〈마왕〉은 수인들의 뒤편에 있는 석상을 손가락으로 가리켰다.

"너희에게 시간은 많지 않다. 몇 분 뒤면 저들의 석화가 풀릴 테니 말이야."

"윽……!"

해골 가면의 눈 부분에 불길한 빛이 맺혔다.

이 상황에서 대답을 잘못한다면, 그들 또한 〈성검사〉와 마찬가지로 석상이 될 것이다.

수인들은 서로 눈치를 살폈다.

어차피 이대로 가다간 제국에 체포된 후, 형장의 이슬이 되고 말

것이다.

이 정체 모를 괴물의 목적이 뭔지는 모르겠지만…….

"조, 좋아……. 〈왕랑파〉 잔당은 귀하의 산하에 들어가겠어."

사자족 수인이 넙죽 엎드린 채 그렇게 말했다.

해골 가면을 쓴 이가 사악한 미소를 머금은 듯한 느낌이 들었다.

"좋다. 이제부터 너희는 〈마왕의 그림자〉를 자처하도록."

"예입…… 부, 분부대로 하겠습니다."

수인족 테러리스트들은 고개가 바닥에 닿을 정도로 조아렸다.

"그럼, 니희에게 첫 명을 내리겠다――."

――〈마왕〉이 그렇게 말하며 손을 들어 올린 바로 그때였다.

삐삐삐삐삣, 하는 경쾌한 소리가 지하 공간에 울려 퍼졌다.

"……어? 앗?!"

마왕을 자처한 존재가 갑자기 허둥대기 시작했다.

『――오…… 레오, 저기, 어디 있는 거야?』

곧 뻿 하는 소리가 나더니, 목소리가 사라졌다.

"……."

……거북한 분위기가 흘렀다.

어리둥절한 표정으로 서로를 보는 테러리스트 잔당들.

"훗…… 후하하하하핫!"

〈마왕〉이 갑자기 웃음을 터뜨리자, 그에 맞춰 어둠의 외투가 펄럭였다.

그리고――.

"대지여, 내 뜻에 따라 영원한 미궁이 되어라―― 〈미궁창조〉." ^{크리에이트 라비린스}

뭔가 주문 같은 말을 읊조리자——.

고오오오오오오오오……!

아래의 바닥이 격렬한 빛을 뿜더니, 갑자기 지하로 이어지는 계단이 생겨났다.

"이, 이건……?"

"여기에 지하 미궁을 만들었다. 일단 이곳을 거점으로 삼으며 활동해라."

다급한 어조로 그렇게 말한 후——.

놀란 수인들을 남긴 채, 마왕은 소리 없이 그림자 속으로 들어가며 모습을 감췄다.

남겨진 수인들은 그저 넋을 놓고 눈앞에 있는 지하 미궁을 응시했다.

◆

방 침대 옆에, 응어리진 그림자가 생겨났다.

지직…… 지지직…… 지지지지직…….

그림자 안에서 나타난 것은 어둠의 외투를 걸친 인간의 형상.

"——〈환마(幻魔)의 외투〉 해제."

낮게 깔린 목소리를 내자, 몸에 두른 어둠이 그림자 속으로 빨려들어갔다.

탁. 작은 발이 바닥에 착지한다.

"거참. 아까처럼 굴면 몸이 찌뿌둥해지는군."

나타난 자는 제복을 입은 열 살 소년.

소년은 눈앞에 있는 전신거울을 보더니, 한숨을 푹 쉬었다.

잘생기기는 했지만, 앳된 외모. 약간 뻗친 흑발. 키는 아까의 절반도 안 된다.

(이 모습으로는 위엄이고 나발이고 없으니까 말이지.)

상대방을 방심시킬 수 있으니, 잠입 용도로는 좋지만.

(어쨌든, 〈마왕군〉 부흥의 발판은 만들었어.)

그 소년──〈마왕〉 레오니스 데스 매그너스는 만족스럽게 홍소를 머금었다.

〈왕랑파〉는 반 제국을 내세운 아인 종족의 무장 조직이다. 일전의 사건으로 리더를 잃고 잔당이 된 그들을 그대로 흡수한 것이다.

그 구성원은 신체 능력이 뛰어난 수인만이 아니다. 엘프, 리저드맨 같은 아인은 제각기 고유 능력이 있다. 부하로 두면 쓸모가 있을 것이다.

물론 요전번에 〈마검〉을 만든 다크 엘프 여성과 직접적인 연관이 없는 듯하니, 그쪽으로는 따로 조사가 필요하겠지만.

(그건 그렇고…….)

레오니스는 호주머니 속 단말을 원망스럽게 봤다.

(거참, 내 권속은 걱정도 팔자야.)

탄식을 터뜨리며, 거실로 이어지는 문을 열었다.

그러자──.

"으아앗, 레, 레오?!"

거실에는 속옷 차림의 소녀가 있었다.

눈부신 백은색 머리카락, 첫눈처럼 새하얀 피부…….

샤워를 한 것이리라. 머리카락이 약간 촉촉하다.

속옷 후크에 손을 댄 자세로 소녀의 얼굴이 점점 벌게졌다.

"으…… 미, 미안해요!"

레오니스는 허둥지둥 눈을 감고 뒤돌아보았다.

하지만 눈을 감아도 풍만한 가슴과 아름다운 팔다리가 각인되어 머릿속에서 지워지지 않는다.

이어서 스륵스륵 하는 옷깃 스치는 소리가 들리더니…….

"……다 됐어, 레오. 이제 괜찮아."

소녀가 말을 걸었다.

뒤돌아보니 〈성검학원〉 제복으로 갈아입은 리세리아가 눈에 들어왔다.

"놀라게 해서 미안해."

리세리아는 머리에 리본을 묶으면서 사과했다.

전체적으로 파란색인 제복은 백은색 머리카락과 잘 어울렸다.

"아뇨, 저야말로 죄송해요…….."

"그런데 어디 갔었어? 방에 없어서 찾았잖아."

"저기, 그게…… 아침 훈련을 하려요."

"훈련? 말해 줬으면, 같이 했을 텐데——."

"매일 훈련 교육을 받잖아요? 무리는 금물이에요."

리세리아가 귀엽게 입술을 삐죽 내밀자, 레오니스는 고개를 저었다.

리세리아의 성장은 놀라울 지경이다.

센스가 좋고, 근성과 향상심도 있어서 가르치는 맛이 있다.

무엇보다 본인이 노력가다.

하지만 너무 무리하다 쓰러질 때도 있어서, 그 점은 유의해야 한다.

언데드인 〈뱀파이어〉라고 해도, 마력을 잃으면 피폐해지는 것이다.

"아가씨, 괜찮으세요? 방금 비명이 들렸는데요."

바깥 복도에서 레기나의 목소리가 들려왔다.

"아, 응. 괜찮아. 레오였거든."

리세리아는 허둥지둥 대답했다.

◆

"――솜씨를 발휘해 만든 아침 식사예요. 자, 드세요."

메이드 차림인 레기나가 허리에 손을 대고 말했다.

밝은 금색 포니테일. 활발하게 움직이고 있는 커다란 비취색 눈동자.

리세리아가 상냥한 달이라면, 레기나는 환한 태양 같은 분위기를 지닌 소녀다.

"오늘도 맛있어 보여."

"후후. 아가씨가 좋아하는 따끈따끈 말랑말랑 팬케이크예요."

테이블 위에는 벌꿀을 듬뿍 뿌린 팬케이크, 채소와 나무 열매로 만든 샐러드, 달걀 프라이, 과일 요구르트, 그리고 커피가 차례차례 놓였다.

평소에는 리세리아가 아침을 차리지만, 일주일에 이틀은 레기나가 이 방에 와서 아침을 차려 준다. 아가씨를 위해 식사를 만들어야 메이드의 감각을 되찾을 수 있다고 한다.

"아가씨는 내버려 뒀다간 군대 휴대식량으로 때우거든요."

"요, 요즘에는 제대로 만들어 먹어. 레오가 있는걸."

리세리아는 얼굴을 약간 붉혔다. 리세리아도 평범하게 요리를 할 줄 알지만, 역시 메이드인 레기나만큼은 아니다.

"소년, 이 누나가 먹여 줄까요?"

"괘, 괜찮아요!"

미소 짓는 레기나에게 가슴이 약간 두근거리는 가운데——.

레오니스는 한입 크기로 자른 팬케이크를 입에 집어넣었다.

"……정말 맛있네요."

목에서 꼴깍 삼키는 소리를 내고, 레오니스는 탄성을 터뜨렸다.

팬케이크의 부드러운 감촉과 함께, 벌꿀의 매끄러운 단맛이 입안에 퍼져나갔다.

표면은 바삭한 것이, 적당히 잘 구워졌다.

식사 때문에, 레오니스는 인간의 몸이 역시 거추장스럽다고 여겼지만…….

(……이것도 나쁘지 않은걸.)

이렇게 속으로는 만족하고 있었다.

"후후. 소년은 참 귀엽네요. 요리할 맛이 나요."

"레오, 이 양상추도 먹어. 텃밭에서 수확한 거야."

리세리아도 레오니스의 접시에 채소를 올려놨다.

그녀는 툭하면 레오니스에게 채소를 먹이려 했다.

(설마 채소를 먹어서 내 피를 깨끗하게 만들려는 건가?)

요즘 들어 레오니스는 그런 의문이 들었다.

"레오, 왜 그래?"

"아, 아무것도 아니에요."

레오니스는 얼버무리며 커피를 한 모금 마셨다.

(역시 아침에 마시는 커피는 최고인걸.)

레오니스는 천 년 전에는 없었던 커피란 음료가 마음에 들었다.

어둠을 녹인 듯한 검은 액체는 그야말로 〈마왕〉에게 어울리는 음료였다.

물론 그냥 마시면 쓰기 때문에, 설탕을 듬뿍 넣지만 말이다.

레기나는 문득 창밖을 쳐다보며…….

"요즘 들어 기숙사 주변에 모여드는 까마귀가 늘었네요."

"그, 그래? 기분 탓 아닐까?"

리세리아는 뜨끔한 듯한 표정을 지었다.

"쫓아버릴까요?"

레기나는 총을 겨누는 제스처를 취하며 말했다.

"뭐? 그, 그건 좀 불쌍하지 않아?"

"아가씨는 상냥하군요. 아가씨의 그런 부분을 참 좋아해요."

레기나는 어깨를 으쓱하며 쓴웃음을 흘렸다.

"하지만 안 그래도 유령 저택이란 소문이 돌고 있잖아요."

"그런가요?"

레오니스가 물었다.

"응. 유령 소녀를 봤다거나, 시꺼멓고 커다란 개를 봤다는 소리
도……."

"그, 그러고 보니, 오늘 아침에 그 유령 소녀를 봤어!"

리세리아는 퍼뜩 놀라며 그렇게 외쳤다.

"유령 소녀?"

"응. 엄청 귀여운 여자애인데, 메이드 복장을——."

"그건 저 아닌가요?"

레기나가 손가락으로 자신을 가리켰지만…….

"아냐. 검은색 단발머리인데, 레오의 방을 청소하고 있었어."

"……!"

레오니스는 하마터면 커피를 뿜을 뻔했다.

"자, 잘못 본 거겠죠."

"음, 그럴까? 눈 깜짝할 사이에 사라지긴 했거든."

"피곤했나 보네요. 그것보다——."

레오니스는 얼버무리듯 화제를 바꿨다.

"오늘은 시합 형식의 합동 훈련이 있죠?"

"응. 레오는 소대간 연습을 처음 하지?"

연습이란 시합 형식을 취한 〈성검학원〉의 주요 훈련 프로그램
이라고 한다.

원래는 더 빨리 치러야 했지만, 〈제07전술도시〉를 덮친 〈스탬
피드〉로 학교 기능이 마비된 바람에 연기된 것이다.

"상대는 〈파프니르 기숙사〉의 제11소대예요. 펜리스 에델리츠 양이 리더로 있는, 상위 랭크 소대죠."

레기나는 레오니스에게 단말을 보여줬다.

화면에 나온 상류층 아가씨 느낌의 소녀는 눈에 익었다. 일전의 파티에 참가했던, 집행부 학생이다.

"저기, 〈성검〉 사용자들끼리 싸우는 것에 의미는 있나요?"

레오니스는 그런 소박한 의문을 입에 담았다.

〈성검〉이란 미지의 존재——〈보이드〉와 싸우기 위한 힘으로 알고 있는데 말이다.

"〈성검〉 간의 대결이, 〈성검〉의 진화를 촉진시킨다고 해."

리세리아는 검지를 세우며 말했다.

"진화, 라고요?"

"응. 〈성검〉은 다른 〈성검〉과의 격돌로, 형태를 바꿔 나가."

"저의 〈드래그 하울〉도 처음에는 대포로 변형하지 못했어요."

"아하. 〈성검〉을 성장시키기 위해서——."

레오니스는 혼잣말을 하듯 중얼거렸다.

〈성검〉——별이 인류에 내린, 허무에 대항하는 힘.

그것은, 이치를 맞추는 마술의 힘과는 근본적으로 다르다.

천 년 전, 인간은 육체와 마력에서 수인과 엘프에 뒤떨어지는 종족이었다.

하지만 인류는 역사 속에서 존속하고, 고도의 문명과 〈전술도시〉를 구축했다.

진화하는 〈성검〉의 힘. 그것은 마치——.

(인간이란 종족의 강점을, 그대로 구현한 듯한——.)

레오니스가 그런 생각을 하는 사이…….

"나도 〈성검〉을 얻고 첫 연습인 만큼, 최선을 다해야지."

리세리아가 두 손을 꼭 쥐며 말했다.

"연습에서 좋은 성적을 내면, 제도에서 열리는 〈성검 검무제〉에도 초대될지도 모르고요."

"그런가요?"

"응. 1년에 한번, 각 〈전술도시〉의 〈성검사〉가 선발되어서 무예를 겨루는 제전이 있어. 우리에겐 아직 먼 이야기지만——."

"그건 모르는 일이에요. 아가씨도 〈성검〉의 힘에 눈떴고, 소년도 들어왔잖아요."

"그래. 우선 오늘 연습에서 최선을 다하자."

리세리아는 고개를 끄덕였다.

(흠……. 〈제도〉라. 괜찮겠는걸.)

레오니스는 속으로 생각했다.

〈제도〉—— 처음으로 건조된 〈전술도시〉이자, 인류 통합제국의 수도.

〈마왕군〉을 부흥한 날에는 손에 넣을 생각인 곳이다.

(그 〈검무제〉라는 것의 대표로 선발된다면, 의심을 사지 않고 그곳을 정찰할 수 있겠지.)

두 사람의 순수한 생각과 달리, 레오니스는 그런 음흉한 생각을 하고 있었다.

◆

　진한 녹색의 빛에 비친, 반구형 공간.

　그 중심에서, 그것이 조용히 떨리고 있었다.

　공간을 가득 채운 빛은, 거대한 〈전술도시〉를 가동케 하는 〈마력로〉의 빛이다.

　지맥에서 채굴한 마력을 순환시켜 막대한 에너지를 창조하는, 인류가 지닌 예지(叡智)의 결정체.

　그 〈마력로〉를 지탱하는 그릇 위에――.

　아름다운 여성이 있었다.

　눈으로 빚은 것처럼 새하얀 나신. 긴 머리카락은 마력로의 빛과 동조하는 것처럼 반짝이고 있었다.

　여성의 몸 절반은 노심과 융합했으며, 척수에는 마력을 공급하기 위한 케이블이 무수히 접속되어 있었다.

　그 여성의 눈에는 이성(理性)의 빛은 존재하지 않았으며, 그저 공허한 어둠만이 어려 있었다.

　"응, 꽤 진행된 것 같네. 순조로워."

　그 반구 형태의 공간에, 이 장소와 어울리지 않는 환한 목소리가 울려 퍼졌다.

　차분한 구둣발 소리를 내며 모습을 드러낸 건, 한 남성이었다.

　순백의 신관복을 걸친 청년이었다.

　새하얀 머리카락. 온화한 빛이 어린 푸른 눈동자.

　그가 이 자리에 나타난 것만으로, 그 공간은 성당 같은 분위기로 바뀐다.

청년은 〈마력로〉와 융합한 여자를 올려다보더니, 미소를 머금었다.

"우선 성공이라 해도 되겠는걸. 뭐, 수백 개나 되는 〈마검〉을 제물로 바쳤으니 말이야. 실패한다면, 〈교단〉의 어르신들한테 내가 혼나겠지."

그는 미소를 머금으며, 눈부시게 빛나는 〈마력로〉에 손을 댔다.

"이제 곧 깨어날 시간이 온다—— 예언된 〈여신〉이여."

◆

——진한 독기로 뒤덮인, 〈보이드〉의 〈허무영역〉.

인류가 결코 발을 들일 수 없는 영역에서, 그것이 모습을 드러냈다.

바다를 가르며 나타난 건——.

거대한—— 너무나도 거대한 인공 구조물이다.

그것은 허무의 사도로부터 인류를 수호하기 위해 만들어진, 최후의 보루.

6년 전 〈스탬피드〉에 의해 멸망한 〈폐허도시〉였다.

『——상대는 삼림 필드 깊숙한 곳에 거점을 잡았어. 조심해.』

"통신 확인. 경계하면서, 이대로 다가갈게요."

통신 단말 너머에서 들려온 엘피네의 목소리에 그렇게 답한 리세리아는 뒤돌아보았다.

"가자, 레오——."

"예."

두 사람은 수풀에 몸을 숨긴 채, 전진했다.

연습에 쓰이는 전투 필드는 북쪽 삼림지대를 재현한 것이다.

필요에 따라, 다양한 지형 및 환경을 만들 수 있다.

게다가 환경 개변에 걸리는 시간은 겨우 열여섯 시간밖에 안 되는 것이다.

(나 원, 인류의 기술이 이 정도로 발전할 줄이야.)

나뭇잎 사이로 햇빛이 쏟아지는 진짜 같은 숲속 경치를 둘러본 레오니스는 마음속으로 감탄했다.

구조 자체는 〈네크로조아〉의 〈투기장〉과 흡사했다.

투기장에서는 오거나 트롤 같은 괴물들을 싸우게 했다.

하지만 레오니스의 시대에는 해전을 재현하려고 강물을 끌어오거나, 사막을 재현하려고 대량의 모래를 가져올 필요가 있었다.

지금의 이 설비가 훨씬 스마트하다.

그런 생각을 했을 때, 앞서 가던 리세리아가 걸음을 멈췄다.

숲속에서 약간 트인 장소다.

"이 앞에 함정이 있을 것 같네."

적 팀에는 함정의 〈성검〉을 다루는 자가 있다. 그것은 이미 조사를 마친 사항이다.

이렇게 탁 트인 지형은 함정을 설치하기 딱 좋은 장소다.

"피네 선배, 이 앞에서 적의 기척은——."

『깃발 쪽에 저격수가 있어.』

"……."

리세리아는 가만히 서서 잠시 생각에 잠기는 모습을 보였다.

레오니스는 참견하지 않고, 도움도 주지 않았다.

그 점은 미리 전했다.

리세리아의 실력을 보기 위해서. 그리고 연습 상황은 외부에 중계되고 있으니 가능하면 자신의 실력을 드러내고 싶지 않다는 이유도 있었다.

(자, 어쩔 거지?)

연습의 룰은 별로 복잡하지 않다.

학원생의 성적에 맞춘 전력 포인트가 할당되고, 상대 팀의 멤버를 쓰러뜨리면 포인트를 얻을 수 있다. 또한 필드에는 팀별로 〈거점〉이 몇 개 설치되어서, 그곳에 있는 깃발을 탈취해도 포인트를 얻을 수 있다.

연습별로 설정되는 목표 포인트를 먼저 따내는 팀이 승리하는 시스템이다.

현재, 정면 거점에는 어태커인 사쿠야가 돌격 중이다.

단독 〈보이드〉 토벌 기록을 지닌 사쿠야는 상대방도 당연히 경계하고 있을 것이며, 펜리스를 비롯한 주력은 그곳에 뭉쳐 있을 것이다.

반대로 〈성검〉을 얻은 직후인 리세리아, 겉모습은 열 살 어린이인 레오니스는 경계 대상이 아니었다. 그러니 두 사람이 측면에서 파고들고, 포인트는 적어도 방비가 약한 거점을 함락하자는 것이 리세리아가 세운 작전이었다.

(어쨌든, 속도가 생명이야.)

아군 거점은 엘피네와 레기나, 두 사람이 지키고 있다.

〈성검〉의 힘에 제한이 있는 엘피네는 색적과 정보 수집이 메인이라서 실질적인 방어 요원은 레기나밖에 없는 실로 대담한 구성이다. 레기나의 실력은 확실하지만, 호위가 없는 저격수만으로는 단숨에 거점이 함락당할 우려가 있다.

"〈드래그 하울〉을 쓸 수 있다면, 숲을 통째로 불사를 수 있는데 말이죠~."

레기나는 그런 무시무시한 말을 입에 담았지만──.

당연히, 대(對) 보이드 섬멸포──〈드래그 하울〉의 사용은 금지되어 있다.

연습에서는 〈성검〉의 힘을 대인전에 맞춰 억제할 필요가 있는 것이다.

즉, 가검으로 싸우는 듯한 상황이다. 그만큼 정교한 컨트롤을 할 수 없는 자라면, 애초에 연습에 참가할 자격이 주어지지 않는다.

(사쿠야가 적을 붙잡고 있는 사이에 적 거점을 단숨에 공략할 필요가 있어.)

탁 트인 장소를 우회할 것인가, 아니면 직진할 것인가.

망설인 시간은 그렇게 길지 않았다.

"──우회하자. 이쪽이야."

리세리아는 〈서약의 마혈검〉을 손에 쥐고 수풀이 있는 쪽으로 뛰어갔다.

(그래야 내 오른팔이지.)

레오니스는 그 판단을 마음속으로 높이 평가했다.

〈마왕〉의 장수라면 교활한 함정 같은 건 정면에서 짓밟고 가는 것이 압도적으로 정상이다.

그래야 〈마왕〉의 위세를 널리 떨칠 수 있고, 적의 사기 또한 떨어지기 때문이다.

본디 책략으로 싸우는 건 〈마왕〉의 방식이 아니다. 하지만──.

(그런 의식이 있어서 〈마왕군〉은 패배를 맛본 거야.)

레오니스 본인은 적을 정면에서 짓밟는 싸움을 선호한다.

그렇기에 더더욱, 〈마왕〉의 오른팔에게는 함정을 피하는 신중함이 필요하다.

레오니스가 생각하는 리세리아의 평가치가 더욱 올라갔다.

물론 군이 함정을 돌파하는 선택지를 골랐을지라도, 〈마왕〉의 수하다운 자세라며 높이 평가했겠지만 말이다.

결국, 레오니스는 마음에 든 권속에게는 물러터진 것이다.

◆

운동장에 병설된 관객석 위에서———.

"흠, 제법 잘 싸우는걸."

디글라세 교관은 찬사를 입에 담았다.

레오니스의 입학 당시, 상급생인 뮤젤과의 결투를 감독했던 교관이다.

합동 시합의 상황은 중계되며, 운동장의 대형 모니터에 나온다. 학원생은 물론이고, 출입 허가를 받은 일반 시민도 시합을 관람할 수 있다.

하지만 관객은 많지 않았다. 오전 중이라는 이유도 있지만, 제18소대는 크게 주목받지 않았다.

상대는 성적 상위인 〈파프니르 기숙사〉 팀이다.

결과가 뻔한 시합은 별로 재미없다고 여기는 것이리라.

학생 중에서는 비공식 내기를 하는 사람도 있는 듯하지만, 이 시합은 내기 자체가 성립되지 않는다는 소리를 들을 정도다.

사쿠야는 확실히 뛰어난 검사지만, 팀 전술에는 맞지 않다.

엘피네는 〈성검〉 본래의 힘을 잃었고, 레기나의 강점인 대형포는 연습 시합에서 쓸 수 없다. 리더인 리세리아는 얼마 전에 겨우 〈성검〉의 힘에 눈떴다. 뮤젤과의 결투에서 승리하기는 했지만,

그것은 어디까지나 〈성검〉에 관한 정보가 드러나지 않은 상태에서 싸웠기 때문이라는 것이 일반적인 견해였다.

그리고 새롭게 영입한 소대원은 겨우 열 살 소년이다.

짐짝이 있는 상태로는 더 약해졌을 거라는 소문도 있다.

(자, 어떻게 될까——.)

◆

걷기 불편한 수풀 속을, 두 그림자가 질주한다.

리세리아는 마력을 모은 다리로 나무들을 박차며 바람처럼 돌진했다.

"레오, 따라올 수 있어?"

"——예, 괜찮아요."

레오니스는 리세리아의 뒤를 바짝 쫓으면서 대답했다.

(거참, 나를 뭐로 보는 거지.)

레오니스는 〈그림자 걷기〉의 마술로 리세리아의 그림자와 함께 이동하고 있다. 이 마술을 부여한 동안에는 그림자 자체와 일체화되기 때문에, 나무가 이동을 방해하지 않는다.

셜리에게 배운 마술인데, 여러모로 편리하다.

휘익—— 바람을 가르는 소리가 들렸다.

날카로운 빛의 화살이 리세리아의 볼을 스치더니, 등 뒤의 수풀로 사라졌다.

"사수가——."

전형적인 장거리 공격 타입의 〈성검〉이다.

엄폐물이 없는 루트를 선택했다면, 이미 저격을 당했을 게 틀림없다.

하지만 상대도 구불구불한 나무들로 우거진 이 루트를 고를 거라고는 예상하지 못했으리라.

이렇게 엄폐물이 많은 곳을 이동하면 노리기 쉽지 않을 것이다.

"사수가 숨은 걸 예상한 거예요?"

"아냐, 감이야. 저쪽 루트를 고르려니, 왠지 불길한 예감이 들었거든."

(감이었나. 대단한걸.)

레오니스는 속으로 히죽 웃었다.

휘익, 휘익, 휘익—— 빛의 화살이 연이어 날아왔다.

리세리아는 땅을 박찼다. 아이스블루 빛깔을 띤 눈동자가 마력을 띠면서 진홍색으로 빛났다.

나무 사이로 내달리며, 검을 뽑아 들었다. 그리고 날아오는 화살을 정확히 간파하더니, 그대로 쳐냈다.

"〈뱀파이어〉의 눈을 쓰는 데 익숙해졌군요."

"레오의 특훈 덕분이야."

〈뱀파이어〉의 능력을 다루는 것만이 아니다.

검술 실력 또한, 스켈레톤을 상대로 한 실전 훈련을 통해 쑥쑥 성장했다.

(거참, 성장이 참 기대되는 권속이야.)

안달이 난 듯한 상대가 〈성검〉의 화살을 일제히 퍼붓자——.

"——〈마풍(魔風)〉."

레오니스는 간이 마술로 화살을 간단히 빗겨냈다.

"하아아아아아아아앗!"

리세리아는 막아서는 나무들을 베어 넘기더니, 그대로 나무가 밀집한 공간을 단숨에 돌파했다.

숲을 빠져나가자, 언덕 아래의 탁 트인 장소에 도착했다.

위쪽에는 석궁 타입의 〈성검〉을 든 소녀.

그리고 포인트 깃발이 눈에 들어왔다.

"큭…… 너무 빨라——!"

석궁 소녀가 초조한 표정을 지었다. 허둥지둥 화살을 장전하려고 하지만…….

"——끝이야!"

리세리아는 다리에 모은 마력을 해방해 지면을 박차고 뛰어올랐다.

딱 착지하고, 석궁 소녀와 단번에 거리를 좁힌다.

접근전에서는 리세리아를 상대로 승산이 없다.

——하지만 바로 그때.

크르르르르르르르르르릉!!

바위 뒤에서 뛰쳐나온 얼음 늑대 두 마리가 리세리아를 덮쳤다.

"……앗, 세리아 씨?!"

뒤늦게 도약한 레오니스가 소리쳤다.

반사적으로 왼팔을 들어서 방어하는 리세리아.

얼음 늑대의 이빨이 박히자 팔이 꽁꽁 얼어붙었다.

"훗, 역시 왔군요. 리세리아 크리스타리아. 그리고 부록 소년!"

바위 뒤에서 모습을 드러낸 인물은 금발 벽안의 소녀…….

제11소대 소대장, 펜리스 에델리츠였다.

"……으, 펜리스. 왜 여기 있는 거야?!"

잽싸게 뒤로 몸을 날리면서, 리세리아는 놀라 소리쳤다.

펜리스는 중앙을 돌파 중인 사쿠야를 상대하고 있어야 했다.

"그야 물론, 당신과 결판을 내기 위해서랍니다."

살랑. 손끝으로 머릿결을 쓸어 넘기는 펜리스.

그러자 〈마빙군랑(魔氷群狼)〉 다섯 마리가 리세리아와 레오니스를 포위했다.

"그게 아니라, 사쿠야는──."

"후훗. 그 사람, 검을 쓰는 솜씨는 좋지만 계략에는 약한 것 같더군요. 지금쯤, 저의 〈얼음 늑대〉와 놀고 있을 거랍니다."

(숲속으로 유인당한 건가.)

자율적으로 행동하는 〈성검〉──〈얼음 늑대〉로 사쿠야를 농락하면서, 자신은 몰래 이쪽으로 이동한 것이다. 또한 탐지가 어려운 숲속을 이동하고, 〈얼음 늑대〉를 미끼로 써서, 엘피네의 색적도 회피한 건가.

"숲은 제가 가장 좋아하는 필드죠."

펜리스는 여유 넘치는 표정으로 미소를 머금었다.

"우리 소대의 정예 어태커 두 사람이 당신들 거점에 쳐들어갔어요. 엘피네 양과 메이드만으로는 대처할 수 없죠. 우리가 이겼어요."

"……!"

그 두 사람만으로 깃발을 지키긴 어려울 것이다. 하지만——.

리세리아는 바위 위에 선 펜리스를 노려보고.

"사쿠야가 말했어. 싸움에선 대장만 잡으면 이긴 거라고."

"……무슨 말이 하고 싶은 거죠?"

"내가 먼저 너를 쓰러뜨리면 된다는 거야, 펜리스!"

소리치고, 동시에 마력을 해방한다.

맑은 소리를 내고, 리세리아의 왼팔을 감싼 얼음이 깨졌다.

◆

"오, 저게 잡동사니 부대인가."

"뭐야, 꼬맹이도 있잖아. 아이고. 애들 장난이 아니라고."

관람석 앞을 지나가던 학생들이 모니터를 보고 비웃었다.

그러자 모니터에서 가장 가까운 데 앉은 소녀가 일어나서…….

"레, 레오 오빠는, 꼭 이길 거예요!"

비웃는 학생들에게 대고 소리쳤다.

(흠?)

디글라세는 재미있다는 듯이 미소를 머금었다.

일곱 살, 여덟 살 정도로 보이는 소녀다. 어깨 근처까지 기른 검은 머리카락이 귀여웠다.

옷차림을 보니, 기민(棄民) 같아 보였다.

"……앙? 뭐라고?"

남자 학원생이 언짢은 듯 소녀를 노려본다.

하지만 꿋꿋하게도, 얌전해 보이는 인상의 소녀는 자신보다 나이가 많은 두 사람을 되려 노려보았다.

"티세라 언니 말이 맞아. 레오 오빠와 리세리아 누나는 우리 고아원을 구해 줬단 말이야!"

이번에는 밤색 머리카락의 소녀가 검은 머리 소녀를 감싸듯 학생들을 막아서며 그렇게 외쳤다.

"미, 밀렛 누나……."

안경을 쓴 소년이 그런 소녀의 팔을 불안한 듯이 잡아당겼다.

"너희, 쟤네랑 아는 사이냐?"

소년은 어깨를 으쓱하더니, 모니터로 시선을 돌렸다.

"안됐지만, 승산은 없어."

"그래. 상대는 펜리스가 이끄는 제11소대거든."

소년은 아이들을 조롱하듯 손을 내저었다.

바로 그때——.

"아이들 눈이 훨씬 멀쩡한 것 같군요."

"……어?"

예쁜 목소리가 들려오자, 다들 고개를 돌렸다.

메이드 복장을 한 소녀가 관람석에 앉아서 도넛을 먹고 있었다.

(어느새……?!)

소녀의 기척을 전혀 느끼지 못했다는 사실에, 디글라세는 경악하고 말았다.

◆

"――훗, 낙오자인 당신이 저를 이길 성싶어요?!"

크르르르르르릉!!

펜리스의 호령에 맞춰――.

다섯 마리의 〈얼음 늑대〉가 리세리아에게 일제히 달려들었다.

"――하앗!"

리세리아는 자세를 낮추더니, 〈블러디 소드〉를 뽑아 들었다.

얼음 늑대 한 마리를 베어 넘긴 후, 그대로 몸을 돌리면서 칼자루로 다른 한 마리를 때렸다.

그리고 다시 균형을 잡으면서 방어 태세를 취한다.

"……앗!"

그 매서운 칼놀림을 본 펜리스는 눈을 치켜떴다.

(내 〈스켈레톤 비스트〉와 집단전 경험도 했거든.)

"이제는, 낙오자가 아니야!"

리세리아는 다리에 마력을 모으더니, 지면을 박찼다.

"……뜻대로는 안 돼요!"

리세리아를 향해, 바위 뒤편에 숨어있던 사수 소녀가 빛의 화살을 쐈다.

"어이쿠, 눈치가 없는걸――."

레오니스는 작은 목소리로 그렇게 중얼거리고 〈봉죄의 마장〉으로 발치의 지면을 두드렸다.

그 순간, 뱀처럼 고개를 치켜든 그림자가 빛의 화살을 삼켰다.

"······어?!'

〈그림자 조작〉 초등 마술——〈스네이크 바이트〉.

그림자 뱀은 쉬익 하는 소리를 내더니, 사수 소녀가 숨어 있는 바위 뒤편으로 재빨리 이동했다.

"꺄, 꺄아아아아아아아앗······ 우, 우으으으읍······!"

째지는 비명이 들려오는가 싶더니, 곧 작은 신음으로 바뀌었다.

바위 뒤에서, 그림자 뱀이 엉겨붙어 고치처럼 된 소녀가 굴러 나왔다.

저격수를 간단히 처리한 레오니스는 다시 리세리아를 봤다.

바위 위로 도약한 리세리아는 펜리스를 향해 〈성검〉을 휘둘렀다.

"하아아아아아아아아압!!"

날을 세우지 않았다고는 해도, 정통으로 맞는다면 기절할 것이다. 하지만——.

"······큭! 어설프군요, 리세리아!"

펜리스는 백스텝으로 후퇴하면서 거리를 벌렸다.

곧바로 그녀를 지키듯이 〈얼음 늑대〉 두 마리가 몸을 날렸다.

리세리아는 그대로 쇄도하려 했다.

바로 그 순간이었다. 펜리스가 양손을 앞으로 내밀며 외쳤다.

"〈성검〉 모드 시프트——〈파쇄빙권〉!"

〈얼음 늑대〉 두 마리가 소용돌이치는 눈보라로 변하더니, 펜리스의 두 주먹에 깃들었다.

레기나의 〈드래그 하울〉처럼, 펜리스도 성검을 변환할 수 있는 것 같다.

크오오오오오── 주먹을 감싼 얼음 늑대가 포효하더니, 리세
리아가 휘두른 검을 막아냈다.

"아뿔싸──!"

왼손으로 검을 막아낸 펜리스는 오른 주먹을 내질렀다.

(보기와 다르게, 격투가였나!)

"커……억──!"

리세리아의 몸이 날아갔다.

그리고 지면에 격돌한 후, 그대로 굴러간다.

그래도 그 의지로 〈성검〉을 놓치지는 않는다.

펜리스는 그런 리세리아를 맹렬히 추격했다.

"아직 안 끝났어요!"

"……큭!"

리세리아는 몸을 일으키며, 거리를 벌리려 했지만──.

"……윽, 발이──?!"

〈얼음 늑대〉가 한쪽 다리를 물고 있었다.

"홋. 이걸로 끝이에요!"

주먹에 〈얼음 늑대〉가 깃든 펜리스가, 단숨에 거리를 좁혔다.

(뭐, 조금은 도와주도록 할까.)

권속을 아끼는 레오니스는 그림자 마술을 영창하려 했다.

──하지만, 그 직전이었다.

"……없어."

리세리아의 아이스블루 빛깔 눈동자가, 진홍색으로 빛났다.

온몸에서 뿜어져 나온 마력이, 폭풍처럼 휘몰아쳤다.

"이, 이렇게, 질 수는…… 없어!!"

다리를 물고 있던 〈얼음 늑대〉의 머리가 터졌다.

그대로 리세리아는 인간을 초월한 각력으로 도약했다.

착지. 동시에 〈성검〉의 칼날로 궤적을 남기고, 덤벼드는 〈얼음 늑대〉를 베어 넘긴다.

"이, 이게 대체…… 이익——!"

냉기를 두른 펜리스의 얼음 주먹이 쇄도한다.

하지만 리세리아는 검날로 주먹을 튕겨냈다.

"쭉 너를 동경하고, 네 등을 보고 살았어!"

"……윽?!"

리세리아가 손에 쥔 〈블러디 소드〉가 진홍색 빛을 머금었다.

인류를 지키는 기사를 동경해 온, 낙오자 소녀.

〈성검〉의 힘에 눈뜨지 못했던, 그 소녀는——.

성검사로 활약하는 라이벌의 등을 좇으며…….

누구에게도 기대받지 않고, 조롱당하면서, 노력해 왔다.

(——역시, 내 눈은 틀리지 않았어.)

레오니스는 속으로 확신했다.

〈뱀파이어 퀸〉은 언데드 중에서도 희소한 상위 종족이다.

하지만 그것만이 아니다. 리세리아가 지닌 힘의 본질은, 저 의지의 힘이다.

리세리아의 검이, 펜리스가 날린 주먹을 파괴했다.

"——이것이 내 오른팔이 될 권속이다."

레오니스는 자랑스러워하듯 중얼거렸다.

◆

"대단해요! 대단해요, 아가씨! 우리가 〈파프니르 기숙사〉의 제
11소대에게 승리하다니, 학원 창립 이래의 이변일 거예요!"

훈련 필드에 설치된 거대 시설의 통로.

기뻐서 날뛰고, 리세리아를 꼭 끌어안은 레기나의 등을…….

"너희 덕분이야."

리세리아는 쓴웃음을 머금으며 토닥여 줬다.

거점 깃발 탈취, 상대 팀 리더인 펜리스의 전투 불능으로, 제18
소대는 시합에서 승리했다.

리세리아의 소대로서는 크나큰 승리였다.

이미 필드에서는 다음 연습 시합이 치러지고 있었다. 소녀들은
승리의 여운에 젖은 채, 몸을 씻기 위해 〈운디네〉 목욕탕을 향해
걸어가고 있었다.

"그리고 자만해선 안 돼. 펜리스가 나와의 승부에 집착하지 않
고 중앙 거점에서 대기했다면, 틀림없이 졌을 거야."

"아가씨는 참 성실하다니까요……."

레기나는 리세리아한테서 떨어지며 말했다.

"하지만, 이번 승리는 값져요. 이걸로 우리 기숙사에도 마사지
욕조가 들어올지도 몰라요."

"그 전에 거실 에어컨을 수리하고 싶어."

리세리아는 어깨를 으쓱하며 그렇게 말했다.

"선배, 미안해. 적의 함정에 빠지고 말았어."

풀이 죽은 목소리로 반성하듯 그렇게 말한 사람은, 눈이 확 뜨일 만큼 머리가 파란 소녀…….

사쿠야 지클린데였다.

〈성검학원〉 제복 위에, 〈오란〉의 전통복을 걸치고 있었다.

"아냐. 사쿠야도 잘했어."

"그래. 숲으로 유인당한 상태에서도, 상대 팀의 함정 설치자를 한 명 해치웠잖아."

사쿠야를 감싸주듯 그렇게 말한 사람은, 그 옆에서 걷는 조금 연상의 검은 머리 소녀.

엘피네 피렛.

제18소대의 오퍼레이터이자, 팀의 믿음직한 언니다.

"우연이야. 펜리스의 늑대를 잡다가, 운 좋게 딱 마주쳤거든."

"사쿠야와 딱 마주치다니, 상대도 참 운이 없었네."

확실히, 접근전에 한해서 사쿠야에게 맞설 학생은 흔하지 않을 것이다.

"으~ 저도 활약하고 싶었어요."

"레기나는 억지력이 됐어. 상대 어태커도 신중했잖아."

"정면 돌파를 노렸다면, 저격할 자신은 있었지만 말이에요."

리세리아는 레오니스를 돌아보면서 말했다.

"레오도 저격수를 쓰러뜨렸지? 연습전 첫 격파 축하해."

"아뇨. 세리아 씨에게 주의가 쏠린 틈을 노렸을 뿐이에요."

레오니스는 어깨를 으쓱하며 고개를 저었다.

(원래는 한 명도 쓰러뜨리지 않을 생각이었는데 말이지.)

권속 앞에서 조금은 멋진 모습을 보여주고 싶었다.

〈마왕〉 시절부터 변하지 않은 나쁜 버릇이다.

"좋겠다~. 저도 레오의 활약을 보고 싶었어요."

레기나는 부럽다는 투로 말했다.

"피네 선배, 나중에 〈보주〉의 기록을 보여주세요."

"알았어──아, 잠깐만 기다려."

엘피네는 통신 단말을 기동시켰다.

그 표정이 한순간 진지해진다.

"미안해. 우리 집 고양이가 부르네. 나중에 합류할게."

엘피네는 두 손을 맞대며 사과한 후, 통로를 총총 걸어갔다.

"고양이……?"

"선배는 고양이를 길러. 외로움을 많이 타서 그런지, 돌보는 게 쉽지 않나 봐."

레오니스가 고개를 갸웃거리자, 리세리아가 설명을 해 줬다.

"기숙사에서는 못 봤는데 말이죠."

"학원 부지 안을 쏘다니거든. 풀어놓고 기르는 거나 다름없다니깐."

"그러고 보니 사쿠야도 요즘 들어 들개를 기르기 시작했죠?"

"아, 검둥복슬이는 제가 기르는 게──."

그런 이야기를 하다 보니──.

일행은 〈운디네〉 목욕탕 앞에 도착했다.

"──그럼 나중에 봐요."

레오니스가 가볍게 고개를 숙인 후, 남탕으로 가려고 하자──.

꾸욱. 제복 옷깃을 잡혀서 뒤로 끌려왔다.

"소년은, 이쪽이에요."

"예……?"

"소년은 아직 열 살이잖아요?"

레기나는 검지로 여탕을 가리켰다.

"학원 규칙상, 열 살까지는 보호자 동반하에 남자애가 여탕에 들어갈 수 있어요."

"자, 잠깐만요. 저는……!"

레오니스는 허둥지둥 항의하려 했지만…….

"그래. 레오를 혼자 두면 걱정돼. 망가뜨릴지도 모르는걸."

"망가뜨리지 않아요!"

그야 사용법을 몰라서 망가뜨린 적이 한 번 있기는 하지만.

"게다가 레오는 혼자 목욕하면 몸에 물만 묻히고 끝내잖아. 오늘은 머리에 모래가 많이 묻었으니까, 깨끗하게 씻어야 해."

"어, 자, 잠깐만, 세리아 씨?!"

"자아, 소년. 떼쓰지 말아요."

"으~!"

슬며시 키득키득 웃는 레기나, 진지한 리세리아에게 등을 떠밀린 끝에──.

레오니스는 여탕에 발을 들이고 말았다.

◆

　새하얀 김이 자욱하게 피어나는, 〈운디네〉 목욕탕.

　반구형 시설 안에는 종류가 다른 여섯 개의 목욕탕이 있으며, 사우나, 냉탕, 증기탕도 다 갖추고 있다. 깨끗한 타일 벽면에는 세상이 〈보이드〉에 침공당하기 이전의 아름다운 자연 풍경이 그려져 있었다.

　그렇게 낙원 같은 시설 한편에서——.

　"소년은 피부가 참 곱네요~."

　"레오, 움직이면 안 돼."

　(……어, 어쩌다 이렇게 된 거지?!)

　리세리아와 레기나에 의해 홀랑 벗겨진 레오니스는 목욕탕 의자에 앉아서 머리를 감싸 쥐었다.

　얼굴이 달아오른 건, 증기 탓만은 아닐 것이다.

　"소년, 그렇게 웅크리고 있으면 똑바로 씻을 수 없잖아요. 자, 두 팔 번쩍~."

　트윈테일 머리를 푼 레기나가 팔을 잡고 들어 올렸다.

　"……윽?!"

　등에 찰싹 닿는, 젖은 피부의 감촉.

　레오니스는 두 팔을 든 채, 온몸을 부르르 떨었다.

　"후후~. 소년, 부끄러운 거예요?"

　"레, 레기나 씨, 직접, 씻을 수 있으니까……."

　기어들어가는 목소리로 저항의 뜻을 내비쳤지만, 샤워 물줄기

소리 때문에 잘 들리지 않는다.

(나, 나는 마왕. 만이 넘는 죽음의 군대를 지배하는, 마왕……)

레오니스는 의지를 강화하고자, 자신이 마왕이라는 사실을 필사적으로 재확인했다.

슥슥. 슥슥슥슥.

스펀지가 피부를 상냥히 문지르고, 레오니스의 피부는 비누 거품에 감싸였다.

"레기나, 몸은 그 정도 씻겼으면 괜찮지 않을까?"

"아, 예. 아가씨."

리세리아가 그렇게 말하자, 레기나는 위치를 바꿨다.

레오니스는 한순간 안도했지만…….

"레오, 눈을 감아. 샴푸가 눈에 들어갈 거야."

이번에는 리세리아의 섬세한 손가락이 머리카락을 매만지기 시작했다.

리세리아의 손가락은 약간 차가웠다.

언데드인 〈뱀파이어〉이기 때문이리라.

"저기…… 그러니까, 직접…….."

"안 돼~. 레오는 씻는 게 서툴잖아."

"큭…….."

그야 물론 〈언데드 킹〉 시절에는 욕조가 아니라 관에 들어가고는 했다.

그래서 몸을 씻는 법을 거의 잊고 말았다.

"레오는 머리가 약간 곱슬곱슬하네~."

이렇게 즐거운 듯 중얼거리면서, 리세리아는 머리에 샴푸 거품을 낸다.

"저기, 가려운 곳은 없어?"

"괘, 괜찮……아요…….."

레오니스는 침을 꿀꺽 삼켰다.

(부, 분하지만, 머리를 긁는 느낌이 참 좋아.)

부드럽게 마비되는 듯한 감각에, 기분 좋게 잠들 것만 같다.

"사쿠야, 등을 씻겨 줄게요――."

할 일이 없어진 레기나가 사쿠야의 뒤로 이동했다.

"아. 나, 나는 괜찮아――."

평소 쿨한 사쿠야는 드물게 동요한 기색으로 고개를 저었다.

"어……? 어머, 사쿠야. 혹시……."

레기나는 장난스러운 미소를 머금더니――.

"꺄아아아아앗!"

뒤편에서, 사쿠야의 가슴을 움켜잡았다.

"역시 좀 커졌군요. 제 눈은 속일 수 없어요."

"으~. 그, 그렇지 않아……. 선배는, 바보야!"

얼굴이 새빨개진 사쿠야가 레기나를 탁탁 친다.

"저기, 레오도 그렇게 생각하지 않나요?"

"……예?"

꾸벅꾸벅 졸던 레오니스는 그 질문을 듣고 퍼뜩 고개를 들었다.

그리고, 반사적으로 보고 말았다.

비누 거품으로 범벅이 된, 사쿠야의 가슴을…….

"~~~~~!"

사쿠야가 숨을 죽여 비명을 질렀다.

목욕 수건으로 허둥지둥 가슴을 가리고, 얼굴을 확 붉혔다.

"죄, 죄송해요!"

"소, 소년…… 내, 내…… 내 가슴……."

"아, 저기…… 엄청, 예뻐, 서……."

"으~ 소년!"

가련한 입술을 삐죽 내민 사쿠야가 원망 섞인 눈길로 레오니스
를 노려보았다.

그리고 샤워기 위의 수건을 손에 쥐더니, 그것으로 레오니스의
눈을 가렸다.

"어? 사, 사쿠야 씨, 이게 무슨……!"

"아무리 어린애라도, 역시 야한 건 안 된다고 생각해!"

평소 분위기를 되찾은 사쿠야가 수건을 세게 묶었다.

"사쿠야. 그러지 않아도 레오라면 괜찮아. 레오, 내 말 맞지?"

리세리아가 물어보지만…….

"아, 아뇨. 그냥 눈을 가리죠!"

레오니스는 고개를 연신 끄덕였다.

◆

윤기 넘치는 칠흑빛 날개를 지닌 천사가, 수많은 격자로 구분된
어둠 속으로 내려왔다.

마력 소자로 된 유사 네트워크 공간——⟨애스트럴 가든⟩.

64년 전, 인류 통합 계획 중에 탄생한, ⟨전술도시⟩를 잇는 가상 공간이다.

원래 군사 기밀에 속하지만, 요새는 학원에도 개방되고 있었다.

멸망으로 치닫는 세상에서 유일하게 ⟨보이드⟩의 침략을 받지 않는 공간.

빛의 격자로 표현된 그 공간에서, 그녀는 자유자재로 움직였다.

가슴팍이 대담하게 파인 드레스는 선정적으로 보였다. 평소 청초한 그녀를 아는 자가 지금 모습을 본다면, 다들 깜짝 놀랄 것이다.

⟨밤의 여왕⟩——엘피네 피렛이 이 학원에서 지닌, 또 하나의 얼굴이다.

개방적인 기분에 잠기면서, 엘피네가 격자 위에 내려섰다.

"——이리 오렴, ⟨캐트 시⟩."

그렇게 말하자, 검은 고양이 한 마리가 야옹 하고 울면서 그녀의 곁에 나타났다.

⟨캐트 시⟩는 네트워크에 존재하는, 엘피네 전용 ⟨인조정령⟩^{아티피셜 엘리멘탈}이다.

정보를 지배하는 ⟨성검⟩——⟨천안(天眼)의 보주⟩^{아이 오브 더 위치} 중 하나를 가공해서 만든 존재다.

아까 엘피네를 부른 건, 이 검은 고양이 정령이다.

제도에 있는 ⟨피렛 사⟩의 네트워크에서, 미심쩍은 데이터가 발견된 것 같았다.

피렛 사(社)── 마도기기를 제어하는 〈인조 정령〉 연구에 참여한 메이커다.

(……일전의 테러 사건에서 쓰인 건, 피렛 사의 정령이었어.)

왕족 전용함 〈히페리온〉의 정령을 지배할 수 있는 건, 알티리아 왕녀뿐이다.

하지만 〈마검사〉가 가져온 정령은 배의 정령을 강제 지배 상태로 만들었다.

왕족의 피를 이어받은 레기나가 배의 지배권을 되찾지 않았다면, 폭주한 〈히페리온〉은 〈암초〉에 들어가 허무에 삼켜지고 말았을 것이다.

(그 〈마검사〉와 피렛 백작가가 연관되어 있다면…….)

엘피네는 며칠 동안의 조사를 통해, 피렛 사의 내부에서 자금의 불투명한 흐름을 발견했다.

하지만 그 이상의 정보는 좀처럼 찾을 수가 없었다.

중추 기밀 구역은 견고한 방벽이 지키고 있기 때문이다.

〈캐트 시〉가 '냐옹' 하고 울더니, 엘피네 앞에 검은색 큐브를 출현시켰다.

"이게, 미심쩍은 데이터야?"

엘피네가 몸을 웅크리더니, 큐브의 표면을 신중하게 만졌다.

큐브가 기하학적으로 분해되더니, 압축된 정보가 엘피네의 머리로 들어왔다.

엘피네는 그 빠른 정보의 흐름 속에서, 엄중하게 잠겨 있는 파일명을 발견했다.

"——【D project】?"

엘피네는 미심쩍은 표정을 지었다.

【D project】——【D】가 대체 뭘까?

(왠지 불길한 예감이 들어…….)

——바로 그때였다. 머릿속에서 귀에 거슬리는 경고음이 울려 퍼졌다.

(어? 긴급 호출? 하필이면 이럴 때——.)

엘피네는 급히 〈애스트럴 가든〉과의 접속을 차단했다.

"……."

소형 헤드기어를 벗자, 싱그러운 검은 머리카락이 살랑거리며 흘러내렸다.

흐트러진 머리카락을 손으로 쓸어 넘긴 엘피네는 작게 한숨을 내쉬었다.

〈성검학원〉—— 정보총괄실. 군용 대형 정보 단말을 사용할 수 있는 특별한 시설이다.

네트워크 접속 기록이 학교 측에 남지만, 〈아이 오브 더 위치〉의 힘을 사용하면 간단히 위장할 수 있었다.

(——〈관리국〉의 긴급 호출이라니, 대체 무슨 일일까?)

엘피네는 의아하다는 듯이 미간을 찌푸리고 책상 위에 있는 단말을 보았다.

그리고 거무스름한 눈을 치켜떴다.

"뭐, 뭐라고……?!"

◆

……슥슥. 슥슥슥슥.

"레오, 너무 긴장할 필요 없어."

리세리아가 레오니스의 등을 씻겨 주며 쓴웃음을 흘렸다.

"……!"

레오니스는 눈가리개를 한 덕분에 안심했지만——.

그것이 크나큰 실수였다는 사실을 곧 깨달았다.

귓가에 닿는 숨결이 간지러웠다.

가느다란 손가락이 닿는 곳에서 부드럽고 짜릿한 감각이 발생
한다.

"크윽…… 앗……."

무심코, 그런 숨결을 토하고 말았다.

시각이 차단되면서, 온몸의 감각이 더욱 예민해진 것이다.

"레오, 괜찮니? 아파?"

리세리아는 걱정스러운 어조로 그렇게 물었다.

"괘, 괜찮……아요……."

"후훗. 소년, 아무것도 안 보이면 상상력이 커지는 법이죠?"

레기나는 빙긋 웃으면서, 레오니스의 귀에 숨결을 불어넣었다.

말캉. 말캉말캉.

그와 동시에 레오니스의 팔뚝에 부드러운 무언가가 닿았다.

"레, 레기나 씨, 장난치지…… 흐응…… 하앙……."

"아, 여자애 같은 목소리네요. 귀여워요."

(으~. 이 메이드, 일부러 이러는 게 분명해!)

시야가 가린 상태로 레오니스는 끙끙 신음했다.

"레오, 이제 앞쪽을 씻겨 줄게."

"세, 세리아 씨?!"

확 〈브라이드〉를 써서 석상이 되어버릴까 생각한 바로 그때.

느닷없이, 통신 단말이 울리는 소리가 들렸다.

리세리아가 귀에 착용한, 귀걸이형 단말에서 나는 소리다.

"······〈관리국〉의 긴급 소집 호출이네. 무슨 일이지?"

리세리아는 레오니스를 씻기던 것을 멈추더니, 의아하다는 투로 중얼거렸다.

제국표준시간 1300.

긴급 호출을 받은 리세리아 일행은 급히 옷을 입은 후, 〈성검학원〉 관리국탑에 있는 〈대(對) 보이드 전략회의실〉에 도착했다.

"리세리아 크리스타리아, 긴급 소집을 받고 왔습니다."

"──들어오도록."

리세리아가 문을 열자, 제18소대의 지도 교관인 디글라세와 기사단 제복을 입은 정보 해석관 여성. 그리고 엘피네가 자리에 앉아있었다.

엘피네는 고개를 들더니, 동료들에게 가볍게 인사를 건넸다.

디글라세는 빨리 앉으라는 듯이 턱짓으로 자리를 가리켰다.

(……뭐야? 또 〈보이드〉가 출현한 건가?)

범상치 않은 분위기를 감지한 레오니스는 리세리아와 레기나 사이에 앉았다.

제18소대의 소녀들이 의아한 시선을 교환하고 있을 때…….

"우선, 너희가 봐 줬으면 하는 게 있다."

디글라세는 조용히 입을 열었다.

정보 해석관 여성은 고개를 끄덕인 후, 단말을 조작했다.

그러자 기다란 회의 테이블 위에 해상도가 낮은 영상이 투영됐다.

회색 구름이 드리워진 바다 영상 같았다.

"이 영상은 오늘 아침, 하크라 섬 기지에 배치된 관측기기가 촬영한 거다."

"하크라 섬…… 〈허무영역〉의 관측기지죠?"

리세리아가 묻자, 디글라세는 고개를 끄덕였다.

"그래. 〈제07전술도시〉의 현재 위치에서 북서쪽으로 약 500킬로미터 떨어진 곳에 있지."

"허무영역?"

익숙하지 않은 단어여서, 레오니스는 물어보았다.

"〈보이드〉의 〈암초〉가 밀집된 구역이야. 인류가 절대로 들어서선 안 되는 마의 해역이라고 보면 돼. 허무영역 안은 농밀한 독기로 뒤덮여 있어서, 배나 전술항공기의 침입은 물론이고 관측조차 불가능해."

리세리아가 설명을 해 줬다.

"내부의 상황을 알 수는 없지만, 외곽 부분을 관측하는 건 가능하지. 인류 통합제국은 〈허무영역〉 주변 섬에 기지를 건설해서, 항상 해역의 움직임을 살피고 있다."

오호라. 일전의 테러 사건에서 〈히페리온〉이 조우한 암초는 소규모 〈허무영역〉 같은 것인가.

디글라세는 영상을 손가락으로 두드렸다.

"금일 0404시. 그 관측기기가 한 거대 구조물을 포착했다――."

그러자, 바다를 비춘 영상에 무언가가 나왔다.

천천히 바다 위를 이동하고 있는, 거대한 무언가였다.

해가 떠오르는 것에 맞춰, 그 전모가 서서히 드러났다.

다리로 연결된 인공 섬, 무참히 파괴된 무수한 빌딩의 숲…….

"……이건, 설마——!"

리세리아가 깜짝 놀라며 숨을 삼켰다.

레기나, 사쿠야, 엘피네도 동시에 눈을 치켜떴다.

"독기의 영향으로 선명하진 않지만——."

디글라세는 무거운 어조로 말했다.

"6년 전, 〈허무영역〉으로 사라진 〈제03전술도시〉다."

"……읙?!"

회의실이 정적으로 뒤덮였다.

(——〈제03전술도시〉라고?)

그곳은 리세리아가 태어난 고향이다.

6년 전, 〈보이드〉의 〈스탬피드〉로 멸망한 도시의 이름이다.

"〈제03전술도시〉의 〈마력로〉는 완전히 활동이 정지됐을 텐데요. 그대로 방치된 그 전술도시는 〈허무영역〉에 삼켜졌어요. 그런데, 어째서——."

리세리아는 떨리는 목소리로 외쳤다.

"원인은 알 수 없어요."

그 말에는 정보 해석관 여성이 답했다.

"〈성검학원〉 관리국은 정지된 대형 〈마력로〉가 어떤 요인으로 폭주한 것으로 추정하고 있습니다."

"〈마력로〉의 폭주…… 그게 가능한가요?"

"이제껏 그런 사례는 보고되지 않았다. 하지만 있을 수 없는 일이라고 단정할 수도 없지. 실제로 〈제03전술도시〉(서드 어설트 가든)는 현재 제4전투속도로 이동하고 있으니 말이야."

디글라세가 말했다.

"어디로 이동 중이죠?"

엘피네가 물었다.

"알 수 없다. 다만 침로를 직선상으로 이동한다면——."

다른 영상이 테이블에 표시됐다.

인류의 영역이 표시된 해역 지도다.

"이 〈제07전술도시〉(세븐스 어설트 가든)를 향해 곧장 남하하고 있다."

"……!"

리세리아 일행은 서로를 쳐다보았다.

"속도는 느리지만, 계산상 14일 후에는 접촉할 거예요."

해석관이 말했다.

"왜 이곳으로 오고 있는 거죠?"

"알 수 없습니다. 다만——."

해석관은 약간 머뭇거린 후…….

"〈제03전술도시〉(서드 어설트 가든)가 일반 해역으로 나온 직후, 〈제07전술도시〉(세븐스 어설트 가든)에 두 차례 구조 신호를 보냈어요."

"뭐라고요?!"

"말도 안 돼요. 그럴 리는……."

리세리아는 아연실색한 표정으로 중얼거렸다.

"저 도시에는…… 이젠 아무도——."

"공식 기록으로는 그렇지. 〈스탬피드〉에서 살아남은 건 너희 둘을 비롯해 지하 셸터로 도망친 일부 인간뿐이다. 설령 발견하지 못한 생존자가 있더라도, 〈허무영역〉에서 살아남을 수 있을 리가 없어. 하지만 본 학원이 구조 신호를 수신한 건 사실이다. 물론, 기기 고장일 가능성도 있지만——."

"……."

전원이 디글라세의 이야기에 주목한 사이——.

레오니스의 시선은 테이블에 비친 〈폐허도시〉의 영상에 못 박혀 있었다.

이 자리에 있는 이들 모두가, 그 존재조차 눈치채지 못했다.

아니다. 눈치챌 수 있는 건, 그 의미를 아는 레오니스 뿐이리라.

왜냐하면, 저것은——.

(어째서지? 어째서 저런 게 존재하는 거야?)

레오니스의 가슴속에서 커다란 의문이 소용돌이쳤다.

바로 그때, 자리에서 일어난 디글라세가 전원을 둘러보았다.

"자. 이상의 현재 상황을 이해했다면, 너희를 소집한 이유가 짐작될 거다."

"〈제03전술도시〉의 조사 임무, 인가요?"

리세리아가 물었다.

"그래. 제18소대에게 〈폐허도시〉의 조사를 명하겠다."

그것은 이미 예상했던 일이다.

리세리아 일행은 딱히 놀라지 않았다. 아무리 어린 소녀일지라도, 〈성검학원〉 학생은 군에 속한 어엿한 기사다. 도시를 위해 목숨을 거는 건 〈성검〉을 지닌 자의 의무이며, 거부권은 없다.

"위기 상황에 직면할 경우, 소대장의 판단에 따라 퇴각을 허가하겠다. 학원은 선발대의 조사 보고를 고려한 후, 대규모 조사단의 파견을 논하겠다고 한다."

"——〈보이드〉는 관측된 거야?"

사쿠야가 처음으로 입을 열었다.

"폐허도시가 〈허무영역〉에서 나타났다면, 〈보이드〉의 〈하이브〉로 이용되고 있을 가능성도 충분히 있지 않아?"

"현재, 목표 주위에서는 〈보이드〉의 발생이 관측되지 않았다. 하지만 도시 내부까지는 상세하게 관측되지 않았지."

"저기, 질문해도 될까요?"

리세리아가 손을 살며시 들었다.

"허가하지."

"왜 선발대라는 중요 임무를 제18소대에 맡긴 거죠?"

이제까지 제18소대에 주어진 임무는 기민 보호 혹은 유적에 있는 〈하이브〉의 조사였다. 이런 중요한 임무는 랭크가 더 높은 소대가 맡았다.

디글라세는 머뭇거리듯 한순간 입을 다문 후…….

"관리국의 뜻이다. 너는 총명하니, 그 의미는 짐작이 될 텐데?"

"제가 크리스타리아 공작가의 여식이라서, 겠군요."

"아가씨——."

레기나는 입술을 깨물었다.

그 사정은 레오니스도 금방 눈치챘다.

(영웅이 필요하다 이건가. 인간이란 것들은 정말…….)

이렇게 속으로 빈정거리듯 중얼거린다.

동면을 거쳐 드디어 〈성검〉의 힘을 얻게 된, 비극의 소녀.

그 소녀가 〈성검사〉로서 임무를 받아 〈보이드〉에 멸망당한 고향으로 떠난다.

그런 미담은 어느 세상에서나 사람들의 마음을 움켜잡으리라.

천 년 전, 어느 왕국에 용사 레오니스 셰아르토라 불린 소년이 있었다.

그 싸움은 많은 이들에게 희망을 줬으나, 결국 그 본인은 절망 속에서 목숨을 잃었다.

그런 시시한 옛날이야기가 생각났다.

"정치적 의미가 있는 건 사실이다. 하지만 나는 너희 실력을 높이 평가해. 오늘 아침 연습 시합에서의 승리도 참 훌륭했다."

"──감사합니다, 교관님."

리세리아는 각오를 다진 표정으로 고개를 끄덕인 후, 동료들을 둘러보았다.

레기나, 사쿠야, 엘피네가 차례차례 고개를 끄덕였다.

"레오는──."

그리고 레오니스의 얼굴을 보더니, 약간 망설이는 듯한 표정을 지었다.

"아, 그는 아직 열 살이지. 이곳에 온 지도 얼마 안 되었으니, 제외해도──."

"——신경 써 주실 필요 없습니다, 교관님."

레오니스는 디글라세의 말을 끊으며 그렇게 말했다.

"레오……."

"세리아 씨, 저도 제18소대의 일원이잖아요."

레오니스는 리세리아의 눈을 똑바로 바라보았다.

"……알았어. 레오는 내가 지켜줄게."

고개를 끄덕이는 리세리아를 보고 레오니스는 쓴웃음을 지었다.

리세리아는 레오니스가 지닌 〈마왕〉의 힘 중 일부를 목격했다. 그래도 자기보다 어린 소년에 대한 인식은, 일전에 영묘에서 그를 구했던 그 순간과 똑같은 것이다.

"제18소대, 임무를 명 받았습니다. 반드시 성과를 거두고 돌아오겠어요."

리세리아는 가슴에 주먹을 대고 교관에게 경례했다.

◆

출발은 네 시간 후, 제국표준시간 1700시로 결정됐다.

일을 급하게 진행하는 것 같지만, 목표가 계속 이동하고 있다는 점을 생각하면 서두르는 편이 좋을 것이다.

"장비는 하나하나 세심히 점검해. 도구 때문에 생사가 갈릴 수도 있거든."

리세리아는 〈흐레스벨그 기숙사〉의 자기 방에서 가방에 짐을 넣고 있었다.

"아. 이 휴대식량, 기한이 지났잖아. 빨리 먹어야겠네——."

리세리아의 그런 정신없는 모습을 곁눈질한 레오니스는 어깨를 으쓱했다.

레오니스의 그림자 안에는 〈그림자 왕국〉의 수도가 망명한 상태이며, 보물과 해골 병사 등을 셜리가 관리하고 있다. 가방에 짐을 채울 필요가 없는 것이다.

레오니스는 침대 가장자리에 걸터앉더니, 리세리아의 뒷모습을 응시했다.

"이제 물통과 헤어드라이어를……. 아, 드라이어는 됐겠네."

평소와 좀 다른, 뭔가에 쫓기는 듯한 분위기였다.

(……동요한 건가. 뭐, 그럴 만도 하지.)

레오니스는 마음속으로 탄식한 후 말을 걸었다.

"그 도시——〈제03전술도시〉는, 세리아 씨의 고향이죠?"

"……응."

리세리아는 짐을 싸던 손을 멈추더니, 고개를 끄덕였다.

짧은 침묵이 방에 깔렸다.

잠시 후——.

"……오늘 아침에 말이지? 꿈을 꿨어."

그녀는 천천히 그렇게 말했다.

"꿈, 인가요——."

"응. 6년 전 꿈이야. 요즘 들어서는 거의 꾸지 않았는데——."

리세리아는 가방을 닫더니, 레오니스를 향해 돌아섰다.

"6년 전—— 그 〈스탬피드〉가 있었던 날의 꿈이야. 나는 아직 아홉 살이었는데, 레기나와 함께 지하 셸터에서 떨고 있을 수밖에 없었어. 밖에서는 아버님이 〈보이드〉와 싸우고 있었지. 나는 그 소리를 들으며, 그저 떨고만 있었어——."

그 악몽의 날을 떠올린 리세리아는 어깨를 부르르 떨었다.

"그 후, 운 좋게 〈제07전술도시〉의 기민 조사단에 구조된 사람 말고는 전부 목숨을 잃었어. 소중한 사람들을 묻어 주지도 못한 거야."

리세리아는 뭔가를 참는 듯한 어조로, 담담히 말을 이어갔다.

(자신이 살아남은 것 때문에 죄의식을 느끼는 건가.)

본래, 그런 죄의식을 느낄 필요는 없다.

하지만 레오니스는 그 불합리한 감각을 이해할 수 있었다.

(——나도 마찬가지로, 살아남고 말았지.)

함께 싸웠던 〈마왕군〉의 최후를, 지켜보지도 못한 채——.

"그래서, 나는 그 장소로 돌아갈 의무가 있어. 솔직히 말해 불안하고, 무슨 일이 일어날지 모르겠지만 말이야——."

"——그렇군요."

레오니스는 고개를 끄덕였다.

바로 그때, 리세리아의 통신 단말에서 호출음이 흘러나왔다.

"피네 선배——."

『세리아. 목적지까지의 루트를 해석했는데, 좀 봐줄래?』

"아, 예. 알았어요. 금방 갈게요——."

리세리아는 공손히 고개를 끄덕여 대답한 뒤…….

"다녀올게, 레오. 짐 정리 좀 부탁해."

허둥지둥 방을 나섰다.

"……."

문이 닫히고, 발소리가 멀어진 것을 확인한 후——.

"——브라커스, 셜리."

……하고, 레오니스가 말했다.

"불렀느냐, 친구여."

"부, 부르셨…… 콜록콜록…… 습니까, 마왕님."

발치의 그림자가 흔들리더니——.

체구가 커다란 검은 늑대, 그리고 그 뒤를 이어 메이드복을 입은 어여쁜 소녀가 모습을 드러냈다.

검은 머리 메이드 소녀는 먹다 만 도넛을 손에 들고 있었다.

다람쥐처럼 부푼 하얀 볼에는 빵가루가 묻어 있었다.

"셜리, 그게 뭐지?"

"쫄깃쫄깃 도넛이에요. 줄을 서서 샀죠."

"……."

레오니스는 도끼눈으로 셜리를 노려보았다.

"마왕님 몫도 있어요."

"……음."

셜리는 메이드복의 소매에서 도넛을 꺼내서 내밀었다.

레오니스는 그것을 받은 후, 셜리를 노려보며 한입 물었다.

"호오, 이건……."

확실히 이제까지 먹어본 과자와 다르게, 쫄깃쫄깃한 식감이 느껴졌다.

시나몬 향기가 더해져서, 참 맛있었다.

"이 식감…… 인간들의 문명은 이만큼이나 진화한 건가."

레오니스는 그런 감탄에 사로잡혔다.

"마왕님, 홍차를 끓일까요?"

"그래…… 아니, 됐다. 너, 이 세상에 꽤 익숙해진 것 같구나."

레오니스는 황당함과 감탄이 뒤섞인 목소리로 그렇게 말했다.

"예. 정보 수집을 위해, 아르바이트도 시작했습니다."

"어떤 아르바이트지?"

"과자와 관련된 일이에요."

셜리는 가슴에 손을 대며, 공손히 답했다.

"너는 내 부하일 텐데? 그런 걸 허락한 기억은 없다만……."

레오니스가 머리를 감싸 쥐며 그렇게 말하자…….

"하지만 〈마왕군〉의 자금에 손댈 수는 없으니까요."

"큭. 그건, 그렇지만……."

레오니스의 〈마왕군〉은 현재 자금난을 겪고 있다.

〈그림자 왕국〉의 보물고에 있는 보물 대부분이 이 시대에는 가치가 없다. 미술품으로 팔 순 있겠지만, 천 년 전 〈신화급〉 아티팩트를 팔았다간 출처를 의심받은 끝에 레오니스의 정체가 노출되고 말 것이다.

"——뭐, 됐다."

셜리가 내민 손수건으로 입가를 닦은 레오니스가 말했다.

"너희도, 이걸 봐라."

그는 〈봉죄의 마장〉을 손에 들고 마술을 펼쳤다. 지팡이의 끝에

박힌 보옥——〈용의 마안〉이 푸른 빛을 뿜더니, 그 내부에 영상이 비쳤다.

바다를 이동하는, 〈제03전술도시〉가 찍힌 영상이다.

"………이게 뭐지?"

브라커스가 물었다.

"내 기억을 투영한 것이다. 이건, 이 〈전술도시〉와 같은 타입의 초대형 요새지. 6년 전, 그 흉흉한 〈보이드〉란 괴물에게 괴멸된 곳이다."

"——흠, 그래서?"

레오니스는 브라커스의 얼굴을 향해 지팡이를 내밀었다.

"여기를 봐라. 도시 중앙에 있는 광장——."

"……아니, 이건……!"

브라커스는 황금색 눈을 치켜떴다.

아까 회의실에서는 레오니스 이외의 누구도 눈치채지 못했다.

당연했다. 모르는 이들이 관심을 보일 만한 정보가 아니다.

하지만 레오니스는 정확하게 그것을 발견했다.

광장의 지면에 붉은색으로 그려진, 〈별〉과 〈불타는 눈〉이란 상징을…….

"〈신성교단〉의 상징, 인가——."

브라커스는 신음에 가까운 목소리로 그렇게 중얼거렸다.

〈신성교단〉——〈광명신들^{루미너즈 파워스}〉을 숭배하는 거대 종교 조직이며, 천 년 전 인간 왕국에서 크나큰 힘을 지녔다.

그리고 〈신들〉과 〈마왕〉, 〈육영웅〉의 전승과 마찬가지로, 이 세상에서는 그 존재 자체가 말소된 것이다.

어째서, 폐허가 된 저 도시에 저 표식이 있는 것일까——?

〈보이드〉에게 멸망당하기 전에 그려진 것은 아니리라.

저 상징은 폐허가 된 지면 위에 그려져 있었다.

"이상하군. 〈신성교단〉의 상징만이 전승된 것은 아닐 텐데 말이야."

"그래. 현재는 기록에서 사라진 전승에 관한 유일한 단서라 할 수 있지. 로제리아의 전생체에 관한 정보를 얻을 수 있을지도 모른다. 그러니——."

레오니스는 지팡이를 휘둘러서, 보주 안의 영상을 없앴다.

"나는 이 폐허도시를 조사하고 오겠다. 브라커스여, 미안하지만——."

"그래, 알았다."

둘도 없는 지기인 이 검은 늑대는 말 안 해도 안다는 듯이 고개를 끄덕였다.

"네가 자리를 비운 동안, 이 〈왕국〉은 내가 맡지."

"부탁하마. 이런 부탁을 할 사람은 너밖에 없다."

〈제07전술도시〉은 〈다인슬레이프〉에 의해, 레오니스의 왕국으로 규정됐다.

그런 만큼, 함부로 자리를 비워서 통치에 문제가 생기게 할 수는 없다.

〈마왕군〉에 편입된 지 얼마 안 된 〈왕랑파〉의 잔당들이 묘한 짓을 벌이지 않도록, 감시할 필요도 있을 것이다.

"마왕님, 저는——."

"셜리, 너는 나와 동행한다."

"분부를 받들겠습니다."

셜리는 공손히 고개를 숙였다.

"조심해라, 매그너스 공."

"음. 그건 그렇고——."

레오니스는 가늘게 뜬 눈으로 브라커스의 목을 쳐다보았다.

"아까부터 신경 쓰였는데, 그건 뭐지?"

브라커스의 목에 달린 것은 푸른색 리본이 달린 개목걸이였다.

"검객 소녀가 준 선물이다."

브라커스는 목덜미의 리본을 보여주며 그렇게 말했다.

"검객…… 사쿠야 지클린데 말인가?"

"그래. 그 소녀다. 부지 안의 숲을 산책하다, 들개란 오해를 받아서 인간들에게 잡힐 뻔했지. 이 목걸이를 하고 있으면 그런 일이 없을 거라면서 채워 주더군."

"그래……."

브라커스는 그 개목걸이를 자랑하듯 보여주고 있었다.

왕족이 그래도 되겠냐는 말이 입 밖으로 튀어나오려 했지만, 레오니스는 꾹 참았다.

(뭐, 나도 남 말할 처지는 아니지.)

목욕탕에서 있었던 일을 떠올린 레오니스는 작게 탄식을 터뜨렸다.

성검학원의 마검사

Demon's Sword Master
of Excalibur School

◆

　"틀림없어. 그녀는 분명 여기 있는 거야——."

　그 소녀는——.

　금방이라도 무너질 듯한 폐허의 옥상에 서서, 멸망한 도시를 내려다보고 있었다.

　머리 뒤로 모아 묶은 초록색 머리카락이 바닷바람에 흩날렸다.

　이국적인 옷과 쇼트 팬츠 차림인 그녀의 호수처럼 맑은 푸른색 눈동자는 칼날처럼 날카로웠다.

　키가 작은 편이라 열두세 살 먹은 아이처럼 보였지만, 하프 엘프인 그 육체 연령은 스무 살 이상이었다.

　——아르레 키르레시오.

　〈육영웅〉의 검성 샤다르크 이그니스의 제자이자, 마왕을 죽인 용사라 불리는 소녀.

　(——성역의 〈장로 나무〉는 〈반역의 여신〉이 부활할 것을 예견했어.)

　가늘고 긴 귀가 희미하게 움찔거렸다.

　인류가 만들어낸 이 도시에는 인간은 고사하고, 생명의 기척조차 느껴지지 않았다.

　고향과는 전혀 다른, 금속과 콘크리트로 된 숲이다.

　소녀는 의문을 느꼈다.

　(……대체 뭐가 이 도시를 멸망시킨 거지?)

　천 년 전, 세상을 황폐하게 만든 〈마왕〉인가?

아니다. 〈반역의 여신〉을 섬기던 여덟 〈마왕〉은 이미 소멸했다.

그렇다면, 허공의 균열에서 나타나는 그 이형의 괴물일까──.

〈보이드〉── 소녀가 살던 시대에는 존재하지 않았던, 허무의 침략자.

그 흉측한 괴물은 대체 정체가 뭘까?

이 세상은 변하고 말았다.

(내가 잠들어 있던, 천 년이란 세월 동안──.)

소녀는 검자루에 손을 얹은 채, 주위의 기척을 살폈다.

성역의 〈장로 나무〉에게 받은, 〈마왕을 죽이는 무기〉.

그중 한 자루── 참마검(斬魔劍) 〈크로우작스〉.

이 시대로 전생(轉生)했을, 〈반역의 여신〉의 그릇을 파괴하기 위한 무기다.

바로 그때──.

불온한 기척을 감지한 그녀의 귀가 움찔거렸다.

"──아하. 대체 누구인가 했더니, 엘프의 용사님이시군요."

"……윽?!"

등 뒤를 돌아보니…….

어디서 나타난 건지, 신관처럼 차려 입은 청년이 있었다.

스무 살 정도일까.

눈이 파랗고, 기품이 있는 백발 남자.

온화한 미소를 머금은 채, 폐허 위에 서 있다.

(이 녀석이, 나를 알아?)

아르레는 눈앞의 남자를 날카롭게 노려보았다.

소녀가 깨어났다는 걸 아는 사람이 이 시대에 존재할 리 없다.

아르레의 이마에 식은땀이 맺혔다.

(기척이 느껴지지 않았어. 만만치 않은 자야…….)

검자루를 쥔 손에, 힘이 들어갔다.

"너는…… 〈여신〉의 그릇을 수호하는 자?"

검을 겨누며, 물었다.

그러자 남자는 빈정거리듯 입술을 일그러뜨렸다.

"수호자? 뭐, 그렇다고도 할 수 있겠군요. 그렇다면 어떻게 할 겁니까?"

"──베겠어!"

타앗. 아르레는 서 있던 곳을 박차며 도약했다.

공중으로 날아올라 참마검 〈크로우작스〉를 휘둘렀다.

하지만──.

"……?!"

그 신속(神速)의 일격은 허공을 갈랐을 뿐이다.

눈앞의 남자는 신기루처럼 흔들리며 사라졌다.

"환영……!"

"모처럼 찾아온 손님입니다만, 〈용사〉나 〈마왕〉 같은 건 허무로 가득 찬 이 세계와는 동떨어진 존재입니다. 당신은 이 자리에서 퇴장해 줘야겠어요."

바람을 타고, 남자의 목소리만이 주위에 울려 퍼졌다.

그리고 다음 순간…….

──쩌적── 쩍, 쩌저적──.

유리가 깨지는 듯한 소리가 나고 허공에 커다란 균열이 생겼다.

"이건……?!"

그것은 이형의 괴물──〈보이드〉가 나타날 때의 징후다.

"큭, 그 괴물을 부른 거야? 너는 대체……!"

엘프 검사는 경악에 찬 목소리로 그렇게 외쳤다.

"저의 이름은 네파케스── 네파케스 보이드 로드."

남자의 목소리가 바람에 흩날려 사라진 순간──.

균열 속에서, 거대한 〈천사〉의 팔이 모습을 드러냈다.

◆

수평선에 해가 떨어질 즈음, 제18소대를 태운 전술항공기 〈린드부름 Ⅲ〉은 성검학원의 군용 포트에서 날아올랐다.

〈린드부름 Ⅲ〉은 레오니스가 〈히페리온〉에서 파괴했던 〈나이트 드래곤〉의 1세대 전 기체다. 학원이 제18소대의 임무를 가벼이 여겨서 구형 기체를 제공한 것은 아니고, 왕족 전용함에 탑재된 전술항공기가 아직 실전 배치가 안 된 최신 기종이었다.

"전술항공기에 타보니 어때?"

기체를 조작하는 엘피네가 뒤를 돌아보며 그렇게 말했다.

그 주위에는 복잡한 문자가 나타난 빛의 구슬이 떠 있었다.

〈성검〉──〈아이 오브 더 위치〉가 기체 조종을 지원해 주는 것 같았다.

"쾌적하네요. 그리고 의외로 넓군요."

레오니스는 투박한 내부를 둘러보면서 대답했다.

확실히, 항공기 안은 넓고 쾌적했다.

"남자애는 누구나 전술항공기를 좋아하네요."

옆에 앉은 레기나가 그렇게 말했다.

"어머, 여자애도 좋아하거든?"

엘피네는 빙긋 웃었다. 그녀는 병기뿐만 아니라 마도 단말처럼 메커니컬한 것을 전반적으로 좋아하는 것 같았다. 항상 티세라와 붙어 다니는 고아원 남매 중 동생인 린제와 이야기가 잘 통할 것 같다는 생각이 들었다.

(뭐, 이 금속 기계보다, 내 〈스컬 드래곤〉이 수십 배는 멋지지만 말이야.)

시트의 감촉에 만족하면서도, 레오니스는 마음속으로 경쟁심을 불태웠다.

3인용 좌석 시트에는 레기나, 레오니스, 리세리아가 나란히 앉았다. 사쿠야는 항공기가 질색인지, 맞은편 시트에서 헤드폰과 안대를 착용하고 있었다.

(그나저나 이동하는 데만 열 시간 넘게 걸리는 건가. 계속 앉아 있는 것도 힘들겠는걸.)

레오니스는 바닥의 진동을 느끼며 탄식했다. 〈언데드 킹〉시절에는 피로와 인연이 없었는데 말이다. 인간의 육체는 정말 불편했다.

레오니스는 문득 창문을 쳐다보더니…….

"하늘은 〈보이드〉에게 제압되지 않은 건가요?"

그는 옆자리에 앉은 리세리아에게 물었다.

바다에는 〈보이드〉가 발생하는 〈암초〉가 있다. 그렇다면 하늘을 항공기로 이동하는 건 위험하지 않은 건가, 하는 의문이 생겨났다.

"〈와이번〉 타입 같은 비행형 〈보이드〉에 습격당할 때도 있지만, 하늘에 〈암초〉 같은 게 존재한다는 보고는 없었어."

리세리아가 검지를 세우며 말했다.

"물론 하늘이 완전히 안전한 건 아니라서 임무 때만 항공기를 이용하게 되어 있고, 레기나 같은 장거리 타입의 〈성검〉을 지닌 성검사의 동행이 필수야. 이 항공기에도 최소한의 무장은 실려 있지만, 솔직히 위안 정도밖에 안 돼."

"그렇군요――."

즉, 인류는 바다와 하늘 모두 〈보이드〉에 빼앗기고만 것이다.

과거, 세상을 공포에 빠뜨렸던 〈팔마왕〉의 지배 영역은 바다와 하늘뿐만 아니라 용이 사는 산, 정령이 사는 환상향, 죽음의 나라까지 포함하고 있었다.

바다는 〈해왕〉 리바이즈 딥 시가, 하늘은 레오니스의 호적수였던 〈용왕〉 베이라 그레이터 드래곤이 그 영역을 지배했었다.

(〈마왕군〉이 부활하면, 그 이형의 괴물들로부터 제공권과 제해권을 빼앗아야겠군.)

한동안 바다와 하늘을 쳐다보고 있을 때――.

벽에 등을 기댄 사쿠야가 잠에 빠져들기 시작했다.

그 얼굴을 본 레오니스도 졸음을 느끼기 시작했다.

(요샌 밤늦게까지 〈마왕성〉 설계 계획을 짰으니 말이야.)

〈언데드 킹〉이었던 시절의 레오니스는 잠을 잘 필요가 없었지만, 아직 성장기인 소년의 육체를 지니게 된 후로는 밤 9시만 되면 졸음이 몰려왔다.

그 유혹을 거부하는 건 어렵다. 그럴 수밖에 없다. 수면이 너무 기분 좋기 때문이다.

"후후. 소년, 졸려요?"

레오니스가 고개를 꾸벅거리기 시작하자, 레기나가 그렇게 물었다.

"목표 지점은 아직 한참 남았으니까, 다들 눈 좀 붙여도 돼."

조종석에 있는 엘피네가 그렇게 말했다.

"피네 선배는 안 자도 되겠어요?"

"안정 항로에 들어서면, 조종과 정찰을 〈보주〉에 맡기고 나도 좀 쉴게."

"소년, 여기를 베고 자도 돼요."

레기나가 자신의 허벅지를 톡톡 두드렸다.

"괘, 괜찮아요!"

"에이, 사양하지 마세요."

레기나는 레오니스의 머리를 살며시 안더니, 자신의 허벅지 위에 올려놨다.

"으으. 레, 레기나 씨……."

볼이 순식간에 새빨개졌다. 허둥지둥 몸을 일으키려 했지만, 부드러운 허벅지와 가슴 사이에 끼여서 꼼짝도 할 수 없었다.

"저, 저기, 레기나!"

리세리아가 언짢은 듯이 눈썹을 모았다.

"후훗. 몸에서 힘을 빼고, 편하게 누워 있어요."

레기나의 숨결이 귀에 닿았다.

레오니스는 무심코 온몸을 부르르 떨었다.

"귀 청소를 해 줄게요. 그러면 금방 잠들 수 있을 거예요."

레기나는 호주머니에서 부드러운 솜이 달린 귀이개를 꺼냈다.

"으~. 야, 약았어. 레, 레오의 귀 청소라면 내가……."

"빠른 사람이 임자예요, 아가씨."

레기나는 천연덕스러운 어조로 대답하더니, 레오니스의 귀에
귀이개를 집어넣었다.

"아으…… 크으…… 하응……."

온몸에서 힘이 빠져나가자, 레오니스는 무심코 여자애 같은 목
소리를 냈다.

"후후. 움직이면 안 돼요, 소년."

레기나의 가느다란 손가락이 레오니스의 턱을 고정시켰다.

트윈테일 모양으로 묶은 머리카락이 레오니스의 볼을 간지럽혔
다.

(큭, 뭐가 이렇게…… 기분이 좋아……!)

마왕의 자존심은 저항하려 했지만, 소년의 육체는 이 쾌감에 맞
서지 못했다.

미소녀 메이드의 허벅지를 벤 레오니스는 더할 나위 없는 쾌락
에 사로잡혀 몸부림을 쳤다.

제4장 준동하는 허무

"——저기, 레오…… 레오니스."

그녀의 목소리가 상냥히 귓불을 간지럽혔다.

대다수의 인간은 그 목소리를 어둠으로 유혹하는 목소리라 여기며 기피하지만, 소년에게는 영원토록 듣고 싶어지는 안식의 목소리였다.

밤의 어둠을 빗어서 짠 듯 반짝이는 검은 머리칼. 하늘에서 내려온 별처럼 반짝이는 눈동자.

——로제리아 이슈타리스.

여덟 명의 〈마왕〉을 이끌고, 〈루미너스 파워즈〉와 싸운 〈반역의 여신〉.

그녀는 때때로, 소년에게 무릎베개를 해 줬다. 그리고 그녀가 별의 저편에 있던 시절, 머나먼 태고의 신화를 자장가 대신 들려줬다.

"레오. 내가 네 곁에 있을 수 있는 시간은 얼마 남지 않았을지도 몰라."

"……로제리아?"

소년은 의아하게 생각했다. 그녀는 왜 그런 말을 하는 걸까.

"싫, 어……. 나는, 너를 위해——."

"미안해. 하지만, 그것은 숙명—— 아니, 내 사명이야."

그녀의 새하얀 손이, 소년의 눈을 감쌌다.

"나는 곧 사라질 거야. 그리고 천 년 후의 미래에 전생해."

"……미래?"

"응. 그때 내가 어떤 모습이더라도, 나를 찾아줄 거지?"

"응. 꼭 찾을게. 네가——."

——어떤 모습이 되어 있을지라도.

◆

"……오…… 레, 오……."

"……으, 음……."

몸이 흔들리는 감각이 느껴졌다.

레오니스는 졸린 듯이 눈을 비빈 후, 다시 몸을 뒤척였다.

"……이 어리석은 것, 〈마왕〉의 잠을, 방해…… 하다니……."

"레오?"

"죽음으로, 속죄하거라……."

"레오, 혹시 잠이 덜 깬 거야?"

볼에 차가운 손이 닿았다.

"……윽?!"

그제야 레오니스는 정신을 차렸다.

"……세, 세리아 씨?!"

레오니스는 화들짝 놀라며 몸을 일으켰다.

눈앞에는 당황한 표정을 짓고 있는 리세리아가 있었다.

투명한 아이스블루 빛깔 눈동자가, 레오니스를 걱정스러운 듯이 응시하고 있었다.

어느새, 리세리아의 무릎을 베고 잠들었던 것 같았다.

"깨워서 미안해, 레오. 악몽을 꾸는 것 같았거든."

"도중에 아가씨와 교대했어요."

레기나도 하품을 하며 그렇게 말했다.

"잠든 소년의 얼굴은 참 귀여웠어요."

"노, 놀리지 마세요……."

레기나가 볼을 톡톡 두드리자, 레오니스는 얼굴을 붉혔다.

"그런데, 마왕의 잠이 어쩌고 하던데……."

"시, 신경 쓰지 마세요!"

레오니스는 허둥지둥 얼버무렸다.

잠이 덜 깬 상태에서 입을 잘못 놀린 것 같았다.

(잠꼬대도 조심해야겠군.)

레오니스가 그런 생각을 하며 창밖을 쳐다보니…….

"으음, 제가 얼마나 잤나요?"

회색 구름에 덮인 하늘. 해는 이미 뜬 것 같다.

"얼추 여덟 시간."

리세리아가 시계를 쳐다보며 말했다.

"그렇게 오래……."

"소년, 제 귀청소가 참 기분 좋았나 보네요~."

"레, 레오는 내 무릎베개가 기분 좋아서 푹 잔 거지?"

"모, 몰라요!"

"——다들, 약 10분 후에 〈제03전술도시〉 제3포트에 착륙할 거야. 예전에 말한 구조 신호가 발신된 구역이기도 해."

조종석에 앉은 엘피네가 뒤를 돌아보며 말했다.

"알았어요. 사쿠야도 일어났지?"

리세리아가 잠든 사쿠야의 몸을 상냥히 흔들었다.

"으, 음…… 언니?"

"나는 네 언니가 아니야."

리세리아가 사쿠야의 안대를 벗기자, 눈이 부신 듯이 눈을 깜빡였다.

〈전술항공기〉가 날개의 부스터로 푸른 불길을 뿜으면서 고도를 낮췄다.

레오니스는 창가로 가서 밖을 쳐다보았다.

하늘에 드리워진 구름 아래를 보니, 바다 위를 이동하고 있는 거대한 인공 구조물이 눈에 들어왔다.

(저게 〈제03전술도시〉인가.)

너무나도 거대한 탓에 그 전모를 파악할 수가 없었다.

중앙 구역에는 바다의 짙은 안개가 깔려 있어서 자세히 알아볼 수가 없다.

〈전술항공기〉가 강하용 부스터를 뿜으면서 착륙 태세에 들어갔다.

◆

인류 최후의 요새. 대 보이드 요새── 〈제03전술도시〉.

<ruby>제03전술도시<rt>서드 어설트 가든</rt></ruby>

그곳은 연결된 세 개의 구역으로 이뤄진 거대 인공 섬이다.

그 규모는 나중에 건조된 〈제07전술도시〉의 절반 정도지만, 그래도 〈스탬피드〉가 발생하기 전까지는 50만 명이 넘는 인구가 이곳에서 살고 있었다.

중앙의 〈센트럴 가든〉에 연결된, 대형 거주 구역의 군항.

〈보이드〉가 파괴한 무수한 빌딩이 늘어선 그 장소에, 제18소대의 전술항공기가 착륙했다.

군항은 바다의 짙은 안개가 깔려서 시야가 매우 나빴다.

건물 잔해 위에 내려선 레오니스는 굳은 몸을 천천히 풀었다.

숨 막힐 듯한 독기가 주위를 뒤덮고 있었다.

(죽음의 기운이 충만한 장소군. 〈네크로조아〉 같은걸──.)

이미 해가 떴지만, 하늘이 회색으로 뒤덮인 탓에 기분이 우울해질 정도로 주변이 어둑어둑했다.

6년 전 처참한 죽음의 냄새가 아직도 진하게 감돌고 있었다.

태고의 시대라면 언데드 무리가 자연 발생해서 활보하고 있었으리라.

바로 그때, 레오니스의 뒤에서 발소리가 들려왔다.

뒤돌아보니 리세리아가 딱딱한 표정으로 폐허를 보고 있었다.

레오니스는 할 말이 없었기에, 그저 가만히 서 있었다.

레기나와 사쿠야, 엘피네도 항공기의 해치를 잠근 후에 내렸다.

"도시 내부는 진한 독기 때문에, 항공기로 이동할 수 없어."

엘피네는 어깨를 으쓱하며 그렇게 말했다.

전술항공기에 탑재된 정밀한 마도기기는 독기의 영향을 받는 것 같았다.

안개 때문에 시야도 좋지 않았기에, 자칫하면 추락할지도 모른다고 한다.

"선배——."

'이제부터 어떻게 할까요.'——그런 뜻으로 사쿠야가 부대의 리더인 리세리아를 보았다.

리세리아는 감상을 떨쳐내려는 듯이 고개를 저은 후, 고개를 끄덕였다.

"이제부터, 시가지의 1차 조사를 시작하겠어요."

우선 거주 구역의 서쪽을 레오니스와 리세리아가, 동쪽을 레기나와 사쿠야와 엘피네가 조사하기로 했다.

이곳에 익숙한 리세리아와 레기나를 다른 팀에 배치하는 것과 동시에, 만약 도시 내부에서 〈보이드〉와 교전하게 됐을 경우에 레오니스의 힘이 드러나지 않도록 신경을 쓴 것이다.

(여러모로 세심한 권속이군.)

레오니스가 생각하는 자신의 오른팔 리세리아의 평가가 또 올라갔다.

"세리아, 이걸 가지고 가."

엘피네는 〈아이 오브 더 위치〉 중 하나를 리세리아에게 줬다. 일반적인 통신 단말은 진한 독기의 영향을 받는 만큼, 이곳에서는 그 〈성검〉만을 의지할 수밖에 없다.

"한 시간마다 정기 연락을 거르지 말고, 부디 신중하게 행동해주세요."

리세리아가 말했다.

"——소년, 세리아 아가씨를 부탁해요."

헤어지기 직전, 레기나가 레오니스에게 귀띔했다.

"걱정하지 마세요."

레오니스는 고개를 끄덕였다.

그리고 레오니스는 발치의 그림자를 향해 염화(念話)로 말을 걸었다.

『——셜리.』

『예, 마왕님.』

대답이 들린 순간, 레오니스의 그림자가 일렁이듯 형태를 바꿨다.

『너는 저 세 사람을 호위해라.』

『그럼 마왕님의 호위는…….』

셜리는 말끝을 흐렸다.

원래 지니고 있던 마력이 대폭 제한됐을 뿐만 아니라 신체 능력이 없는 것이나 다름없는, 이 열 살 소년이 걱정되는 것이리라.

그건 엄연한 사실이지만——.

『필요 없다. 내가 누구인지 잊은 것이냐?』

『하지만…….』

『똑같은 말을 하게 마라.』

『……실례했습니다. 마왕님.』

레오니스가 노려보자, 그림자가 황송해하는 기척이 느껴졌다.

『됐다. 저들은 권속이 아니지만, 내 〈왕국〉의 신하라 여겨라.』

『──예, 명심하겠습니다.』

지면에 드리워진 그림자가 공손히 예를 표한 후, 레오니스의 곁을 벗어났다.

레오니스는 만족한 것처럼 고개를 끄덕였다.

메이드로는 빵점이지만, 암살자 실력은 신뢰하고 있다.

셜리에게 맡기면, 그야 레기나 일행은 안심해도 될 것이다.

(이 내가, 인간들을 지키는 건가──.)

레오니스는 어깨를 살짝 으쓱하며, 자조적인 웃음을 흘렸다.

(뭐, 저들은 내 〈왕국〉의 백성이니 말이야.)

속으로 그렇게 혼잣말을 중얼거렸지만──.

정말로 그게 전부인지는, 레오니스 본인도 잘 몰랐다.

◆

폐허의 건물 사이로 부는 바람 소리. 잔해 위를 걷는 발소리가 공허하게 울려 퍼졌다.

"이 구역은 〈크리스타리아 기사단〉이 전선을 구축해서 저항했던 장소야."

리세리아는 무너진 요새 앞을 걸으면서 말했다.

백은색 머리카락이 바람에 흔들렸다.

황폐해진 도시에서는 움직이고 있는 존재가 없었다.

"길이 무너질지도 모르니까 조심해."

"예…… 어……!"

"레오, 괜찮아?"

레오니스가 건물 잔해에 발이 걸려 넘어질 뻔하자, 리세리아가 그 팔을 잡고 부축했다.

"미안해요."

"무리는 하지 마. 지쳤으면 쉬자."

리세리아는 멈춰서더니, 주위를 둘러보았다.

"전부, 사라졌네."

"……."

폐허로 변한 도시의 길에는 백골조차 존재하지 않았다.

(그러고 보니 〈보이드〉는 인간을 잡아먹었지.)

〈보이드〉에게 먹힌 인간은 흔적도 없이 사라지고 만다.

마치, 허무에 의해 이 세상에서 떨어져 나간 것처럼…….

"지하는 어떤가요? 아직 살아있는 사람이 있을지도 몰라요."

레오니스가 그렇게 말했다.

〈제07전술도시〉과 구조가 같다면, 지하에 셸터가 있을 것이다.

"그래. 지하 셸터에는 식량과 해수 여과 장치, 지하 플랜트도 있어. 그래도 〈허무영역〉 안에서 살아남는 건 어렵겠지만——."

리세리아와 레오니스는 다시 걸음을 옮겼다.

그렇게 20분가량 걸은 그들은 아직 원형을 유지하고 있는 시설을 발견했다.

커다란 운동장과 저층 건물이 합쳐진 복합 시설 같았다.

"여기에는 학교가 있었어."

리세리아의 목소리가 떨렸다.

"〈성검학원〉 같은 곳인가요?"

"아냐. 〈성검사〉의 학교가 아니라, 평범한 아이들이 다니는 학교——."

그녀는 부서진 문을 손으로 밀어서 열었다.

"내부는 무사한 것 같네. 들어가 보자."

리세리아는 폐허가 된 부지 안으로 들어섰다.

심각하게 훼손된 외관과 달리, 내부는 심하게 손상되지 않은 것 같았다.

먼지로 뒤덮은 복도를 나아간 두 사람은 계단을 올라갔다.

복도 끝에는 엘리베이터가 있었지만, 당연히 작동하지 않았다.

"옥상에 가 보자. 위에서 뭔가 보일지도 몰라."

"……예."

먼지를 마시지 않게 입을 가리고, 두 사람은 계단을 올라갔다.

(고향, 인가…….)

앞서 걷는 리세리아의 등을 쳐다보던 레오니스는 문득 그런 생각을 했다.

레오니스의 고향.

물론 그곳은 그가 태어난 〈로그너스 왕국〉이 아니다.

하지만 고향이라 할 수 있는 〈네크로조아〉는 함락됐으며, 부하들도 죽음을 맞이했다.

레오니스에게 고향이라 할 수 있는 존재는 바로———.

(나에게는 〈그녀〉야말로 고향이라 부를 유일한 존재일지도 모르겠군.)

폐허의 계단을 통해 4층까지 올라간 후…….

"타아아앗!"

리세리아가 〈뱀파이어 퀸〉의 힘으로, 셔터를 걷어차서 열었다.

"난폭하잖아요, 세리아 씨."

"윽, 미안해. 왠지 답답해서."

멋쩍은 듯이 시선을 피하는 리세리아.

"익숙해지기 전에는 발을 다칠 수 있으니까, 조심하세요."

두 사람은 열린 셔터를 통해 밖으로 나갔다.

옥상에는 커다란 정수 장치가 달린 물 탱크와 물자 창고가 있었다.

"여기서라면 이 일대를 한눈에 볼 수 있을 거야———."

리세리아는 부서진 펜스 앞에 섰다.

바람에 흩날리는 백은색 머리를 붙잡고, 폐허가 된 도시를 내려다본다.

"저기가 〈센트럴 가든〉, 나와 레기나가 살던 곳이야."

그리고 커다란 다리로 이어진 중앙 구역을 가리켰다.

〈제07전술도시〉에서는 〈성검학원〉이 있는 위치다.

리세리아는 아이스블루 색깔을 띤 눈을 가늘게 떴다.

"보여?"

그러다가 갑자기, 리세리아가 레오니스의 옆구리를 두 손으로 잡고 들어 올렸다.

"어⋯⋯!"

"어머, 레오는 가볍네."

"세리아 씨, 내, 내려 주세요!"

레오니스가 얼굴을 새빨갛게 붉히며 그렇게 말한──.

바로 그때, 그 시야에 무언가가 들어왔다.

(윽, 저건──.)

"레오, 왜 그러니?"

리세리아는 레오니스를 내려주며 그렇게 물었다.

"세리아 씨, 저 문양을 본 적 있나요?"

"으음, 어디어디⋯⋯."

레오니스가 손가락으로 가리킨 곳을 보고──.

리세리아는 고개를 저었다.

"본 적 없어. 왠지 불길한 느낌이 드는 문양이네⋯⋯."

(흠, 불길한 느낌이 드는 건가.)

저 상징은 천 년 전의 인류에게 성스러운 표식이었지만──.

이 시대의 인간은 저것을 보고 불길한 느낌을 받는 것 같았다.

──〈별〉과 〈불타는 눈〉의 상징.

천 년 전, 인류 측에 만연했던 〈신성교단〉의 표식이다.

출발 전, 레오니스가 영상 안에서 발견한 것과 동일했다.

그렇다면, 저 상징은 도시 곳곳에 존재하는 건가.

(하지만, 대체 누가──.)

──바로 그때.

"……?!"

등 뒤의 기척을 감지한 레오니스가 돌아보았다.

쩌적―― 쩌적―― 쩌저적――.

허공에, 무수한 균열이 생겨났다.

"〈보이드〉!"

"레오, 물러나!"

리세리아는 날카로운 목소리로 그렇게 외치더니, 레오니스를 감싸듯 앞으로 나섰다.

허공의 균열은 가속도적으로 늘어나더니, 주위의 공간이 금이 간 유리처럼 변했다.

그리고 벌어진 균열의 틈새로, 그것은 모습을 드러냈다.

……르, 으으으으, 으으으으으으으……!

바다 위를 떠다니는 듯한 불길한 발걸음으로 이족보행을 하는, 인간형 괴물이다.

피부는 투명해 보일 정도로 푸르스름하며, 희미하게 빛을 내고 있었다.

지면을 향해 늘어뜨린 손끝에는, 점액이 뚝뚝 떨어지는 날카로운 갈고리 손톱이 달려 있었다.

(겉만 봐선 늪의 괴물 〈보자노이〉와 비슷…… 아니지――.)

"액티베이트―― 〈블러디 소드〉!"

리세리아가 오른손을 치켜들며 외쳤다.

그러자 빛의 입자가 모여들더니, 그 손에 〈성검〉이 현현했다.

리세리아는 자신과 레오니스를 포위하듯 나타난 십여 마리의 괴물을 노려보았다.

"숫자가 많네요."

"응. 처음 보는 타입이야——."

그녀는 〈성검〉을 오른손에 쥔 채 고개를 끄덕였다.

르으으으으으으으으!!

인간형 괴물들이 포효를 터뜨렸다.

조그마한 송곳니가 빽빽하게 자란 아가리를 크게 벌리고, 손톱을 치켜들며 달려들었다.

레오니스는 즉시 〈봉죄의 마장〉을 불러내고.

"파멸에 애달피 울어라, 홍련의 불꽃이여——〈염초파(炎焦波) 프 라 니 스〉!"

제3계위 주문을 펼쳤다.

화르르르르르르르르륵!

지팡이 끝에서 터져 나온 불꽃이 정면에 있는 〈보이드〉 셋을 불태웠다.

불타 바스라지는 괴물의 잔해.

"——〈프라니스〉, 〈프라니스〉, 〈프라니스〉!"

레오니스는 주문을 연사해서 균열에서 기어 나오려 하는 괴물들을 해치웠다.

열풍이 대기를 달궜다. 휘몰아치는 불 속으로——.

마력을 몸에 두른 리세리아가 뛰어들었다.

"하아아아아아앗!!"

붉게 빛나는 〈성검〉으로, 격앙한 〈보이드〉 두 마리를 순식간에 베어 쓰러뜨린다.

"레오, 일단 이탈을——."

리세리아가 뒤를 돌아본, 바로 그때였다.

……스…… 크리스…… 타리…… 아아아아아……!

베어 넘긴 〈보이드〉가 신음에 가까운 포효를 토했다.

"……어?"

리세리아가 아이스블루 빛깔 눈을 치켜떴다.

"방금, 뭐라고——!"

바로, 그때였다.

쩌적, 쩌저저저저저적——!

이 폐허를 삼켜버릴 듯한, 거대한 균열이 생겨났다.

"세리아 씨!"

레오니스는 경고하듯 외쳤다.

이 징후는 〈히페리온〉이 기항한 부두에서도 본 적이 있다.

(큭, 대형종이 나타나는 건가.)

다음 순간. 균열이 단숨에 벌어지더니——.

드오오오오오오오오오오오오오오오오!!

거대한 허공의 균열에 삼켜지듯, 폐허가 무너졌다.

"……윽?!"

원래부터 이 건물 주변 지면은 약해진 상태였던 것 같다.

폐허는 단숨에 무너지더니, 주위 건물과 함께 지면에 생긴 커다란 구멍에 삼켜졌다.

바닥이 보이지 않을 만큼 깊은 구멍이었다.

(이 구멍은 뭐지?! 지하가 텅 비어 있었던 건가?)

레오니스는 낙하하면서 문득 떠올렸다.

〈육영웅〉인 아라키르 데그라지오스를 쓰러뜨렸을 때.

〈제07전술도시〉의 지하에도, 적층 상태의 지하 공간을 관통하는 거대한 샤프트가 있었다.

〈전술도시〉는 기본적으로 구조가 같을 것이다.

십여 마리의 〈보이드〉가 샤프트 안으로 삼켜졌다.

낙하하는 잔해 사이에서, 레오니스는 리세리아를 발견했다.

"──세리아 씨!"

레오니스는 공중에서 손을 뻗어 중력 마술로 잡으려 했다.

하지만 그 찰나, 낙하하는 두 사람 사이에 새롭게 균열이 생기더니──.

공간 그 자체가 삐걱거리는 듯한 소리를 내며, 그것이 모습을 드러냈다.

레오니스를 움켜잡을 수 있을 만큼 거대한 팔이었다.

그 손가락이 레오니스를 으스러뜨리려는 듯이 뻗어왔다!

(쳇──!)

중력 주문 시전을 도중에 중단한 레오니스는 즉시 다른 주문을 영창했다.

"──〈폭렬주탄(爆裂呪彈)〉!"

두오오오오오오오오오오!!

눈앞에서 작렬음이 발생했다.

충격파가 공기를 뒤흔들더니, 레오니스의 몸을 밀어냈다.

"──〈중력구〉."

그는 즉시 다른 주문을 영창해 공중에서 몸을 유지시켰다.

"네놈은, 뭐냐…… 콜록."

레오니스는 폐에 들어온 먼지 때문에 기침을 토하면서 물었다.

폭발의 연기가 가시자——.

허공의 균열을 억지로 비집고 열듯, 기어 나오려 하는 존재가 보였다.

거대한—— 무너진 건물보다 거대한, 인간 형태의 석상이었다.

잘 닦인 대리석 같은 표면에서는 뇌광이 일렁이고 있었다.

목 위는 존재하지 않았으며, 그 자리에는 무지개색을 띤 빛의 고리가 반짝이고 있었다.

(초대형 〈보이드〉인가.)

레오니스는 낮은 신음을 흘렸다.

처음 보는 타입이지만, 레오니스는 저 존재를 보고 무언가를 연상했다.

"설마…… 〈루미너스 파워즈〉의 사도…… 〈천사〉 종족?"

〈천사〉—— 신들의 권속이자, 언데드 군단의 천적.

그 주먹은 산을 부수고, 성스러운 빛의 창은 대지를 불바다로 바꾼다.

"〈천사〉를 모방해 만든 〈보이드〉인 건가——."

레오니스는 〈봉죄의 마장〉을 고쳐 들었다.

아까 전의 인간형 〈보이드〉와는 비교도 되지 않는 엄청난 압력이 느껴졌다.

(리세리아는…….)

아래편의 나락을 주시했지만, 그녀의 모습은 보이지 않았다.

〈뱀파이어 퀸〉은 마력의 날개를 만들 수 있지만——.

마력 컨트롤에 익숙하지 않은 리세리아가 아까 같은 상황에서 날개를 만들어내는 건 무리다.

(쯧, 내가 이런 실수를 범하다니——.)

레오니스의 가슴속에서 격렬한 분노가 치밀어 올랐다.

〈뱀파이어 퀸〉의 강인한 육체라면, 낙하 충격도 견뎌낼 수 있을 것이다.

하지만 그것도 희망적 관측에 지나지 않는다. 바닥이 보이지 않을 만큼 깊은 구멍에 추락했으니 말이다.

『——세리아, 레오, 무슨 일 있는 거야——?!』

바로 그때, 엘피네가 외치는 소리가 들렸다.

〈아이 오브 위치〉가 레오니스의 주위를 회전하듯 날고 있었다.

이쪽에서 발생한 폭발음을 들은 엘피네가 기동시킨 것 같았다.

"대형 〈보이드〉와 교전 중이에요. 세리아 씨는——."

『레오——?』

리이이이이이이이이이이이이이이이잇——!

——〈천사〉가 귀에 거슬리는 불협화음을 발생시켰다.

빛의 고리가 회전했다. 그러자 〈천사〉의 거대한 몸에서 오로라 같은 빛이 사방으로 뿜어져 나갔다.

"……윽, 〈역장장벽(루아 메이레스)〉."

레오니스는 재빨리 장벽을 전개해서 빛의 격류를 막지만——.

엘피네의 〈보주〉는 그 빛에 삼켜져 허무하게 소멸했다.

마력 장벽에 막혀 둘로 나뉜 빛의 띠가 머나먼 곳에 있는 빌딩을
두 동강 냈다.

대기가 떨리고, 땅이 울린다.

그 위력은 제4계위 마술에 버금갔다.

"……큭, 성가시군……."

레오니스는 혀를 찼다.

〈천사〉는 〈죽음의 영역〉의 마술에 강한 내성을 지녔다.

언데드에게 있어 천적이라 불리는 존재인 것이다.

〈언데드 킹〉의 본래 힘을 발휘할 수 있다면 조무래기에 지나지
않겠지만——.

지금 몸으로는 좀 성가실 것 같았다.

레오니스는 폐허를 삼킨 아래편의 커다란 구멍을 보았다.

〈보이드〉 따위는 무시하고, 권속 소녀의 곁으로 가고 싶다.

하지만 빛의 날개를 펼친 〈천사〉는 레오니스를 명백하게 표적
으로 삼고 있었다.

(후다닥 처리할까.)

레오니스는 〈봉죄의 마장〉을 돌려 그 끝으로 상대를 겨눴다.

"——허무에 빠져든 〈천사〉여. 네놈에게, 대마술의 진수^{소 시 리}를 보
여주마."

제5장 폐허도시의 망령

Demon's Sword Master of Excalibur School

끝없는 어둠에 뒤덮인 거대한 샤프트의 밑바닥에서──.

리세리아는 눈을 떴다.

"⋯⋯으, 윽⋯⋯!"

몸을 일으키려던 순간, 발에서 극심한 통증이 느껴졌다.

지면과 격돌한 다리는 이상한 방향으로 휘어져 있었다.

(부러졌네⋯⋯.)

리세리아는 묘하게 냉정한 머리로, 현재 상황을 인식했다.

물론 평범한 인간의 몸이었다면, 원형을 알아보지 못할 만큼 손상됐을 것이다.

하지만 공교롭게도 그 몸은 언데드다.

얼마나 낙하한 걸까⋯⋯?

고개를 약간 움직여서 주위를 둘러봤지만, 어둠을 보는 〈뱀파이어〉의 눈에도 주위는 어렴풋이 보일 뿐이었다.

정적으로 가득한, 광대한 공간이다. 아마 폐기된 지하 셸터일 것이다. 금속 방어벽은 거대화된 식물의 뿌리에 파괴되어서 기능을 못하고 있었다.

이곳에는 미세한 불빛도 없었다.

그리고 레오니스와 〈보이드〉의 전투음도 들리지 않았다.

지면에 손을 대며 상반신만 일으키려 한, 바로 그때였다.

"……앗?!"

진홍색으로 빛나는 리세리아의 눈은 어둠 속에서 꿈틀거리는 무언가를 발견했다.

◆

"용의 비늘을 찢는 빙마의 칼날——〈빙열연참(氷烈連斬)〉!"

〈봉죄의 마장〉으로 마력을 증폭시킨 레오니스는 주문을 영창했다.

얼음 속성의 제8계위 마술을 펼치자, 허공에 생겨난 무수한 얼음 칼날이 쏟아져 내렸다.

하지만 그 순간, 천사 타입 〈보이드〉가 기묘한 소리를 냈다.

그러자 빛의 방패가 생겨나더니, 쏟아져 내리는 얼음 칼날을 튕겨냈다.

(……호오, 〈성광의 방패〉 능력은 건재한 건가.)

〈성광의 방패〉는 고위 천사가 지닌 권능이다.

제8계위 이하의 마술 공격은 무효화된다.

저것을 뚫는 건 쉽지 않다. 신들의 사도인 〈천사〉가 강대한 드래곤에 필적한다고 여겨지는 이유인 것이다.

레오니스는 〈중력 제어〉를 해제하더니, 구멍 가장자리에 착지했다. 중력 제어는 정교한 마력 컨트롤이 필요하므로, 공중에 뜬 채로 전투를 속행하는 것은 어렵다.

공중의 〈보이드〉가 또 기묘한 소리를 냈다.

그러자, 찬란히 빛나는 검이 〈보이드〉의 손에 생겨났다.

제6계위 〈신성 마술〉──〈집행자의 검〉.

과거, 〈마왕군〉을 괴롭혔던 폭뢰 공격이다.

"……쯧!"

레오니스는 〈봉죄의 마장〉에 마력을 담더니, 자신을 향해 날아
오는 빛의 검을 막아냈다.

둥, 두두두두두둥!!

빛의 칼날은 튕겨 날아가더니, 주위의 폐허를 한꺼번에 무너뜨
렸다.

그에 따라 발생한 대량의 흙먼지가 레오니스의 모습을 감췄다.

〈보이드〉는 다시 〈신성 마술〉을 영창해 빛의 검을 만들었다.

두 자루, 세 자루, 네 자루…… 빛의 검 여섯 자루가 머리 위편에
떠올랐다.

그것들이 일제히 발사됐다──!

두우, 두두두두, 두우우우우우우우우우웅!

굉음이 울려 퍼지면서, 대기가 격렬하게 떨렸다.

〈보이드〉가 비틀린 날개를 펼쳐 자욱한 흙먼지를 걷어냈다.

하지만, 그 자리에는 레오니스의 모습이 없었고──.

"──위다, 어리석은 놈아."

바로 그때, 날개를 펼친 거대한 존재의 그림자가 〈보이드〉의 머
리에 드리웠다.

머리 위를 날고 있는 건, 〈보이드〉와 거의 동일한 크기의 해골 드래곤이다.

한쪽 무릎을 꿇은 채로 그 위에 타고 있는 레오니스가 조롱하듯 아래편을 내려다보았다.

"──〈천사〉 따위가 〈마왕〉을 내려다보다니, 불손하기 그지없구나."

레오니스는 〈봉죄의 마장〉을 내밀며 주문을 읊조렸다.

"으스러져라──〈중괴주탄(重壞呪彈)〉!"

두웅── 응축된 중력탄이 〈보이드〉를 지면에 내리꽂았다.

〈보이드〉의 거대한 몸이 지면에 박히고 거대한 구덩이가 생겨났다.

"──〈파르가〉, 〈파르가〉, 〈파르가〉!!"

레오니스는 즉시 제3계위의 파괴 마술을 연이어 날렸다. 폭음이 연달아 들려왔다.

〈홀리 프로텍션〉을 발동할 틈을 주지 않는다.

〈보이드〉가 빛의 날개를 펼치고 날아올랐다.

곧장 공중에 떠 있는 〈스컬 드래곤〉을 향해 돌진한다.

"호오, 역시 튼튼한걸──!"

〈스컬 드래곤〉의 눈이 진홍색으로 빛났다.

그오오오오오오오오오──.

뼈로 된 용은 땅속에서 흘러나오는 듯한 불길한 포효를 토하더니, 그 거대한 입으로 〈보이드〉의 팔을 물어뜯었다. 그리고──.

스컬 드래곤이 〈죽음의 브레스〉를 뿜었다.

대지를 썩게 하고, 혼을 더럽히는, 시체 용의 숨결이다.

수많은 전장에서 적 군단을 괴멸시킨 절대적인 죽음의 공격.

〈보이드〉의 팔이 그대로 붕괴되면서 지면에 떨어졌다.

다른 팔은 용의 등에 탄 레오니스를 향해 〈성광의 검〉을 날리려 했지만——.

"——느려."

레오니스는 이미 주문 영창을 마쳤다.

"제9계위 마술—— 〈초열염옥포(焦熱炎獄砲)!"

쿠우우우우우우우우우우우웅!

미스릴마저 녹일 정도로 뜨거운 빛이, 〈보이드〉의 몸에 거대한 구멍을 냈다.

"덤으로 하나 더 주마. ——〈신멸흑뢰포(神滅黑雷砲)〉."

레오니스는 이어서 제9계위 마술을 영창했다.

어둠의 번개가 작렬하자——.

천사 타입 〈보이드〉는 빛의 입자가 되어 완전히 소멸했다.

"……조무래기에게는 좀 과분했나."

레오니스는 내뱉듯이 그렇게 말한 후, 구멍을 쳐다보았다.

그리고 뼈로 된 드래곤을 타고 구멍 아래로 내려갔다.

◆

칠흑 같은 어둠 속을, 레오니스가 만들어낸 빛이 어렴풋이 비쳤다.

수백 미터가량 내려오자——.

드디어 샤프트의 최하층에 도착했다.

〈스컬 드래곤〉을 그림자에 넣은 후, 레오니스는 바닥에 내려섰다.

지팡이 끝에 조그마한 불꽃을 만들어내서 주위를 비췄다.

광대한 원형 공간이다. 측면에는 화물 운반용으로 보이는 터널이 있었다.

리세리아의 모습은 보이지 않았다.

레오니스는 미심쩍어하듯 미간을 찌푸리며, 위를 올려다보았다.

(낙하 도중에 어딘가에 걸린 건가? 아니야——.)

그렇다면, 내려오는 도중에 눈치챘을 것이다.

문득 발치를 쳐다보자——.

건물 파편 위에 떨어져 있는 핏방울 자국이 눈에 들어왔다.

"……!"

무심코 숨을 삼켰다.

그 핏자국은 방금 생긴 것이다. 리세리아의 피가 틀림없다.

지팡이의 불빛을 키우자, 터널로 이어지는 핏자국이 보였다.

레오니스의 가슴속에 형언할 수 없는 불안이 생겼다.

〈뱀파이어〉는 마력을 통한 강력한 재생력을 지녔다.

이 자리에서 얌전히 있으면, 상처는 자연스럽게 치유됐을 것이다.

그러니 무리해서 이동할 이유가 없다.

그렇다면 무언가로부터 도망쳤거나, 혹은——.

(누군가에게, 끌려간 건가?)

레오니스는 몸을 날렸다.

핏자국을 쫓으며, 주저 없이 터널 안으로 들어갔다.

지팡이에 맺힌 불빛이 터널 안쪽을 비췄다.

"……리아 씨! 세리아 씨!"

그의 고함이 어둠 속에서 메아리쳤다.

바로 그때——.

"……레, 오—— 여기야."

희미한 목소리가 들려왔다.

"……윽, 세리아 씨! 어디 있어요?!"

레오니스는 목소리가 들린 방향을 불빛으로 비췄다.

터널 측면에 존재하는 그 공간은 거대한 보관 창고 같았다.

콘크리트 벽으로 된 방 안쪽을 보니…….

지면에 주저앉은 리세리아가 있었다.

"세리아 씨——."

걸음을 내디디려다가, 도중에 멈췄다.

레오니스가 멈춘 건, 그곳에 다른 존재가 있었기 때문이다.

리세리아를 둘러싼, 꿈틀거리는 해골 무리가.

"……〈보이드〉?"

레오니스는 날카로운 목소리로 외치면서, 〈봉죄의 마장〉을 치켜들었다.

"멈춰, 레오——!"

리세리아가 다급한 목소리로 그렇게 외쳤다.

"아냐, 이 사람들은———."

"······어?"

레오니스는 마장을 치켜든 채, 미간을 모으며 그렇게 물었다.

그러자 공허한 눈에 푸른 빛이 어려 있는 해골 무리가, 일제히 레오니스를 돌아보았다.

그리고———.

〈우리는, 이 폐허도시의······ 망령, 입니다·······.〉

은은히 울려 퍼지는 목소리로, 그런 말을 입에 담았다.

◆

"하아, 하아······ 하아·······."

"엘피네 선배, 괜찮아요?"

레기나가 뒤를 돌아보며 그렇게 말했다.

학교 기초 과정에서 체력 훈련을 받는 사쿠야와 레기나에 비해, 상급생이자 정보학과 전공인 엘피네는 체력이 부족했다.

"으, 응······ 괜찮아·······."

커다란 가슴을 위아래로 흔들며, 필사적으로 뛰고 있었다.

폐허가 된 도시의 길은 대부분 부서졌고, 완전히 파괴된 장소도 있었다.

길을 잃지는 않지만, 최단 거리가 아니라 크게 우회할 수밖에 없었다.

이윽고 세 사람은 전투가 벌어진 장소에 도착했다.

하지만 엘피네 일행은 그 자리에 서서 할 말을 잃었다.

"무슨 일이, 벌어졌던 거죠?"

멀리서 보였던 초대형 〈보이드〉는 어느새 자취를 감췄고——.

주위의 건물은 무너졌으며, 지면에는 거대한 구덩이가 무수히 생겨나 있었다.

그리고, 훤히 드러난 지하 시설의 샤프트가 나락의 입구를 연상케 했다.

엘피네는 아무 말 없이 고개를 저었다.

이 일대는 흙먼지가 피어오른 바람에 시야가 좋지 않았다.

〈보이드〉만이 아니라, 리세리아와 레오니스의 모습도 보이지 않았다.

"〈보이드〉의 기척이 느껴지지 않는 걸 보면, 소멸한 것 같아."

사쿠야가 그렇게 말했다.

"세리아 아가씨와 소년이 쓰러뜨린 걸까요?"

"글쎄……."

리세리아 일행과 동행시킨 엘피네의 〈보주〉는 전투의 여파에 의해 파괴된 것 같았다. 파괴되기 직전의 영상 데이터는 〈보주〉 간의 네트워크에 보존되어 있기에 확인이 가능하지만, 시간이 걸린다.

"아가씨! 소년! 어디 있어요?!"

레기나는 큰 소리로 두 사람을 불렀다.

그 후, 거대한 샤프트의 가장자리에서 몸을 웅크렸다.

"레기나, 위험해."

엘피네가 다급히 다가갔다.

레기나는 어두운 샤프트를 내려다보며, 떨리는 목소리로 말했다.

"혹시, 두 사람 다 이 아래에 있는 걸까요?"

"……."

엘피네는 숨을 삼켰다.

만약 이 구멍에 떨어졌다면, 생존은 절망적이다.

"――내가 내려가서 찾아보겠어."

사쿠야가 〈라이키리마루〉를 손에 쥐더니, 샤프트에 뛰어들려 했다.

"사쿠야, 무모해――."

"괜찮아. 이렇게, 다리에 전자력을 두르고 벽을 달리면――."

"그게 가능해?"

"응. 이론상으로는 충분히 가능――."

""안 돼――!!""

사쿠야가 계속 뛰어내리려 하자, 엘피네와 레기나가 전력으로 말렸다.

"진정해. 지금 〈보주〉로 탐색해 볼 테니까――."

엘피네의 손에 빛의 구슬이 생겨났다.

――바로 그때였다.

"――선배!"

사쿠야가 엘피네를 밀쳤다.

그 순간, 은색 칼날이 엘피네의 눈앞을 가르고 지나갔다.

키이이이이이이이이이이이이이이잉——!

금속의 격돌음이 들렸다. 칼날이 맞닿자, 불똥이 사방으로 격렬히 튀었다.

(뭐야……?!)

지면에 쓰러진 엘피네는 피어오른 흙먼지 너머를 주시했다.

한 소녀가, 〈라이키리마루〉를 쥔 사쿠야와 싸우고 있었다.

그렇다. 소녀다. 열두세 살 정도로 보이는, 아담한 체구의 소녀다.

움직임에 맞춰 흩날리고 있는, 포니 테일 스타일의 초록색 머리카락.

이국적인 옷과, 활동적인 쇼트 팬츠.

그리고 새하얗고 가느다란 팔과 어울리지 않는, 거대한 양날검을 쥐고 있었다.

"귀하는…… 누구지?"

무기를 맞댄 채, 사쿠야가 물었다. 그러자——.

"괴, 괴물이, 말을 했어?!"

소녀는 눈을 치켜뜨며, 적지 않게 동의했다.

"괴물이라니, 말이 심한걸——."

사쿠야는 그 틈을 놓치지 않겠다는 듯이 파고들었다.

푸른 번개를 두른 〈라이키리마루〉의 칼날이, 소녀의 미간을 스쳤다.

앞머리가 바람에 날렸다.

(사쿠야의 검에 반응했어?!)

하지만 〈성검〉의 진가는 번개를 이용한 공격이 아니다.

온몸에 번개를 두른 사쿠야가 몸을 더욱 가속시켰다.

신속의 칼날이, 소녀의 목을 향해 휘둘러졌다.

"……."

사쿠야는 공격이 명중하기 직전, 움직임을 멈췄다.

그리고 소녀의 검 또한, 사쿠야의 목덜미에 겨눠져 있었다.

소녀의 푸른 눈동자가 사쿠야를 똑바로 응시했고——.

"——관두자."

먼저 검을 치운 건, 사쿠야였다.

"뭐……!"

"강한걸. 네가 만전의 상태였다면, 내가 졌겠지."

"……큭——."

소녀는 입술을 깨물며 아랫배 쪽을 감싸 쥐었다.

배에 난 상처에서 흘러나온 피가 방울져서 지면에 떨어졌다.

그리고——.

"너희는, 누구, 지……?"

신음하듯 그렇게 중얼거린 후, 소녀는 지면에 쓰러졌다.

◆

레오니스가 만들어낸 빛 아래에서——.

기묘한 해골 무리가, 고장 난 장난감처럼 꿈틀거리면서 기묘한 그림자를 자아냈다.

〈우리, 는…… '크리스타리아 기사단' 의 기사, 였습니다…….〉

한 팔이 없는 해골이 삐걱거리는 듯한 목소리로 그렇게 말했다.

"크리스타리아 기사단……?"

레오니스가 바닥에 앉아 있는 리세리아에게 물었다.

오른발에는 깨끗한 천 붕대가 감겨 있었다.

해골들이 다리를 다친 리세리아를 이곳으로 옮겨와서 치료해 준 것 같았다.

"크리스타리아 공작가 휘하의 기사단이야."

리세리아는 고개를 끄덕이며 말했다.

"아버님과 함께, 이 도시를 지키기 위해 싸웠던——."

〈우리는, 6년 전 스탬피드 때…… 보이드와 싸우다, 목숨을 잃었습니다.〉

해골의 목소리가 어둠 속에서 은은히 메아리쳤다.

(오호라. 방황하는 망자인 건가.)

〈언데드 킹〉인 레오니스는 그들의 정체를 금방 알아봤다.

대규모 전투가 벌어진 장소에서, 강한 미련을 지닌 혼령이 현세를 방황한다.

……흔한 현상이다.

레오니스가 마왕이던 시절, 격렬한 전쟁이 되풀이되던 벌판에서는 〈죽음의 영역〉의 마술을 쓰지 않더라도 강대한 언데드가 때때로 자연 발생했다.

(이 시대의 인간은 〈언데드〉의 존재를 모르는 것 같지만…….)

그런 부정한 땅의 마력은 이미 사라졌을 것이다. 이 시대에는 언데드가 나타나는 현상이 확인되지 않은 것 같았다.

(하지만, 이 폐허도시는 달라——.)

〈보이드〉에 의한 대규모 학살이 벌어진 후, 오랜 세월 동안 독기로 가득 찬 장소에 있었다.

쌓여 있던 부정한 마력이, 방황하는 혼을 사로잡는 도가니가 됐더라도 이상할 것이 없다.

〈뱀파이어 퀸〉은 모든 언데드를 이끄는 여왕이다. 이 방황하는 〈언데드〉들은 리세리아가 지닌 죽음의 기운에 이끌려서, 이 자리에 모여들었으리라.

레오니스는 〈봉죄의 마장〉을 지면에 내려둔 후, 자세를 바로 잡았다.

이 망자들은 고국을 지키기 위해 싸운 전사들의 넋이다. 레오니스는 오만불손하다고 알려졌지만, 진정한 전사에게는 경의를 표하는 것이 〈마왕〉의 철학이다.

〈우리를…… 두려워……하지, 않는…… 겁니까……?〉

"유령은 무섭지만, 뼈에는 익숙하거든."

리세리아는 손을 뻗어서 해골의 손을 잡았다.

〈오오…… 우리의 주군…… 리세리아…… 님…….〉

기사들의 혼이 담긴 해골들이 감격하며 무릎을 꿇었다.

그러고 보니 리세리아는 레오니스의 스켈레톤 병사를 상대로 훈련을 했으니, 뼈에 빙의된 혼을 본다고 놀라지는 않을 것이다.

앙상한(?) 손을 쥔 리세리아는 해골의 시꺼먼 눈을 응시했다.

"혹시 너희가 〈성검학원〉에 구조 신호를 보낸 거야?"

〈그렇, 습니다……. 무사히 전달된, 것 같군요…….〉

레오니스와 리세리아는 서로의 얼굴을 쳐다보았다.

설마 그 정체불명의 구조 신호를 보낸 게 망자였을 줄이야. 하지만——.

"왜, 구조 신호를 보냈죠?"

레오니스가 물었다.

이미 죽은 자가 왜 도움을 요청한 것일까——?

(사로잡혀 있는 혼의 해방을 바란다면, 들어줄 수도 있지만 말이야.)

그것은 〈죽음〉을 관장하는 레오니스니까 가능한 일이다.

하지만, 그런 목적으로 〈성검학원〉에 구조 신호를 보낸 것은 아니리라.

〈구원을, 바란 건…… 아닙니, 다…….〉

해골은 고개를 저으며 그렇게 말했다.

〈우리……는, 경고를 하고, 싶었습니다…….〉

"경고?"

〈예, 경고……입니다. 이대로 가다가는…… 또, 6년 전의 비극, 이…….〉

그 말이 어둠 속에서 메아리쳤다.

〈스탬피드가, 제07전술도시를…… 삼킬, 겁니다…….〉

방황하는 혼의 입에서, 그런 충격적인 말이 나오자——.

"뭐……?!"

리세리아는 경악했다.

"……어떻게 된 거야? 6년 전의 〈보이드 로드〉는——."

어딘가로 사라져 버렸는데—— 하고, 리세리아는 기어 들어가는 목소리로 중얼거렸다.

〈6년 전의 보이드 로드가…… 아닙, 니다.〉

〈당시의 통솔체보다, 훨씬 강대한——.〉

〈새로운 보이드 로드가, 이 폐허도시에 나타났습니다——.〉

"뭐……라고?"

◆

그것이 이 폐허도시에 느닷없이 출현한 것은, 약 42일 전의 일이라고 한다.

아름다운 여성의 모습을 한 그 〈보이드〉는, 도시의 중심부——〈센트럴 가든〉의 지하 깊숙한 곳에 있는 대형 〈마력로〉와 융합했다고 한다.

"〈마력로〉와 융합해……?"

리세리아가 되물었다.

(왠지 익숙한 이야기인걸.)

레오니스는 마음속으로 그렇게 중얼거렸다.

——〈제07전술도시〉를 덮쳤던 〈스탬피드〉.

이형의 〈보이드〉로 변질된 〈육영웅〉의 대현자, 아라키르 데그라지오스는 도시 지하에 있는 〈마력로〉와 융합하려 했다.

게다가——.

(42일 전……인가.)

그것은 〈네크로조아〉의 지하 영묘에서 레오니스의 봉인이 풀린 시기다.

왠지 불길한 접점이 느껴졌다.

레오니스가 그런 생각을 하는 사이에도, 방황하는 혼은 이야기를 이어갔다.

〈그리고…… 폐허도시의 중추와, 융합…… 한 보이드 로드는, 그 권속……인, 허무의 종복—— 보이드를 창조한…… 겁니다…….〉

"응. 지상에서 봤어. 허공의 균열에서 나타난, 인간형 〈보이드〉——."

"천사 같은 모습을 한 대형 〈보이드〉라면 제가 해치웠어요."

레오니스가 덧붙이듯 그렇게 말했다.

〈대형 보이드는 허공에서 소환된…… 것, 하지만, 그 인간형…… 보이드는, 평범한…… 보이드가, 아닙, 니다…….〉

"……무슨 말이야?"

〈그것……은, 우리 같, 은…… 방황하는 전사의 혼, 이…… 보이드 로드의 힘에…… 허무에 빠져든 존재, 입, 니다…….〉

"……저, 정말이야?!"

리세리아가 눈을 치켜떴다.

"설마, 그 인간형 〈보이드〉가…… 이 도시의——."

레오니스는 호오, 하고 작게 탄성을 터뜨렸다.

"망자의 혼이 〈보이드〉로…… 그런 게 가능한가요?"

"그……그런 건, 들어본 적이 없어."

리세리아는 동요한 표정으로 고개를 저었다.

〈목소리가, 들립니다…….〉

"……목소리?"

방황하는 혼에게, 리세리아가 되물었다.

그러자 망령들은 고통에 찬 목소리를 입 밖으로 토했다.

〈예……. 우리의 혼, 을…… 뜯어내는 듯한, 목소리가…….〉

〈허무에 빠져들라고…… 명령하는, 무시무시한, 여자의 목소리──.〉

〈저항, 할 수…… 없습니다…….〉

〈마력로 중심 근처에 있던, 혼은 그 목소리에 사로잡혀, 허무에 빠져들었습니다…….〉

〈우리도 언젠가…… 그 무시무시한 보이드의 군세에 들어가게…….〉

〈영웅…… '성녀'의 휘하에서, 영원히 싸우라……고…….〉

"──〈성녀〉?"

망령이 한 말에, 레오니스가 반응했다.

"레오?"

"저기, 그 〈성녀〉는 〈보이드 로드〉를 말하는 건가요?"

레오니스는 무심코 몸을 쑥 내밀며 물었다.

──그 칭호가, 귀에 익었다.

우연이 아니라면, 그 칭호를 지닌 자는──.

〈예…… '성녀' …… 티아……레스…….〉

〈티아레스 보이드 로드…… 그것이, 허무의 왕의 이름…….〉

"……큭!"

역시 그랬군. 레오니스는 속으로 중얼거렸다.

〈성녀〉 티아레스── 티아레스 리자렉티아.

〈신성교단〉이 내세운 기적의 무녀.

〈마왕군〉과 적대한, 레오니스의 숙적인 〈육영웅〉 중 한 명.

(티아레스가 부활해서, 〈보이드 로드〉가 된 건가.)

〈육영웅〉의 〈성녀〉가 신에게 받은 권능은 〈부활〉의 힘이다.

허무에 빠져들고도, 그 권능이 남아 있다면──.

(어쩌면 방황하는 망령을 〈보이드〉로 부활시키는 게 가능할지도 모르겠군.)

레오니스는 턱에 손을 대며 생각했다.

〈대현자〉 아라키르 데그라지오스에 이어, 〈육영웅〉이 또 이 시대에 부활했다.

마치 〈여신〉 로제리아의 전생에 호응하듯 말이다.

그리고, 과거의 영웅들은 인류와 적대하는 〈보이드 로드〉가 되었다.

(대, 대체 뭐가 어떻게 된 거지?)

레오니스는 혼란에 빠졌다. 바로 그때──.

"그럼 그 〈보이드 로드〉는 〈제07전술도시〉에서 〈스탬피드〉를 일으키려고 하는 거구나."

리세리아의 긴박한 목소리가 레오니스의 의식을 현실로 돌려놓았다.

〈그렇, 습니다……. 인류를 멸하고, 허무로 돌리라고…….〉

"왜 〈제07전술도시〉를 노리는 거야?"

^{세븐스 어설트 가든}

〈그건…… 모릅, 니다……. 그 목소리는, 명령을…… 내리기만, 할 뿐…….〉

리세리아와 대화를 나누던 해골의 팔이 바스러지며 떨어졌다.

"……?!"

〈아무래, 도…… 이제, 한계인…… 것, 같습니, 다…….〉

눈에 어려 있던 푸른 빛이 점점 작아졌다.

해골에 빙의한 혼이 떨어져 나가고 있는 것이다.

〈인류의…… 동포, 에게…… 위기를…… 전했습니다…….〉

〈부디…… 이 정보를 가지고…… 대피해, 주십시오…….〉

〈그 보이드 로드가…… 눈을 뜨기, 전에——.〉

〈6년 전의…… 비극이, 되풀이, 되어선, 안 됩니다…….〉

어둠 속에 은은히 목소리를 남기며, 해골들은 차례차례 바스러졌다.

"잠깐만——."

〈리세리아 님…… 참 어엿해, 지셨, 군요…….〉

리세리아의 손을 잡은 해골은 마지막으로 그런 말을 남기고——.

메마른 소리를 내며 부서지듯 지면에 흘러내렸다.

제6장 엘프의 용사

Demon's Sword Master of Excalibur School

"괜찮아요? 많이 아픈가요?"

"으……."

레기나가 말을 건네자, 지면에 쓰러진 예쁜 소녀가 얼굴을 찡그렸다.

"응급처치는 했지만, 아직 움직이면 안 돼요."

"익숙해 보이네. 치유사야?"

"메이드예요."

"메이드가 왜 이런 데……."

소녀는 붕대가 감긴 자신의 옆구리를 보며 의아한 표정을 지었다.

"그건 그렇고, 그렇게 다친 상태에서 사쿠야와 대등하게 싸운 거구나. 정말 대단하네."

엘피네는 그렇게 말했다.

그 소녀의 겉모습은 레기나보다 약간 어려 보였다.

나이는 열서너 살 정도일까.

귀 뒤편으로 넘긴 초록색 머리카락을 꼬리처럼 모아 묶었으며, 눈매는 갸름했다.

인상적인 건, 단검처럼 뾰족한 귀였다. 그것은 엘프 종족의 특징이다.

"──그런데, 아까는 왜 갑자기 달려든 거죠?"

레기나가 의료 키트를 가방에 넣으며 물었다.

"그 괴물들의 동료라고 생각했어."

소녀는 약간 퉁명한 목소리로 그렇게 말하며 시선을 돌렸다.

"괴물들이라면, 〈보이드〉를 말하는 건가요?"

"……"

소녀는 고개를 끄덕였다.

"인간과 비슷하게 생긴 〈보이드〉도 존재하기는 하지만──."

엘피네가 검지를 아래턱에 댔다.

확실히 〈머맨 타입〉, 〈브레인 이터 타입〉의 〈보이드〉는 인간과 흡사한 실루엣을 지녔지만, 겉모습 자체는 인간과 확연히 달랐다.

"──인간을 쏙 빼닮은 〈보이드〉도 있어. 나는 본 적이 있어."

주변 경계 탐색을 마치고 돌아온 사쿠야가 그렇게 말했다.

"완전한 인간형? 그런 〈보이드〉는 확인되지 않았는데 말이야."

"그렇겠지."

미간을 찌푸린 엘피네를 향해 그렇게 대답한 사쿠야가 몸을 웅크렸다.

"그 상처, 〈보이드〉와 싸우다 입은 거야?"

"그래. 방심했다가 허를 찔렸어."

엘프 소녀는 분하다는 듯이 입술을 깨물었다.

"——네 이름을 알려주겠어?"

"……."

소녀는 머뭇거리는 듯한 반응을 보인 후…….

"……아르레. 아르레 키르레시오."

"아르레구나. 좋은 이름이네."

사쿠야가 미소를 짓자, 소녀는 시선을 슬쩍 피했다.

엘피네는 재빨리 〈천안〉을 기동시켰다.

빛나는 보주의 표면에는 무수한 문자열이 표시됐다.

"엘프 종족인 아르레. 〈제03전술도시〉의 데이터베이스에는 존재하지 않네."

"당신이 〈성검학원〉에 구조 신호를 보냈나요?"

"그게 무슨 소리야?"

레기나가 묻자, 아르레는 영문을 모르겠다는 듯이 고개를 젓더니…….

"너희야말로 누구야? 이런 곳에서 뭘 하는 건데?"

질문에 질문으로 답했다.

"우리는 〈제07전술도시〉 소속의 조사대야. 이 폐허도시의 이변을 조사하러 왔어."

엘피네는 이 도시에 오게 된 이유를 간략하게 설명해 줬다.

6년 전에 멸망한 후로 〈허무영역〉에서 침묵하고 있었던 이 도시가 갑자기 재기동하더니, 자신들이 사는 〈제07전술도시〉를 향해 이동하기 시작했다고 말이다.

아르레는 이야기를 듣더니——.

"〈전술도시〉…… 그래. 인류는 아직 생존권을 유지하고 있구나."

혼잣말하듯 중얼거렸다.

"우리 사정은 전부 이야기했어. 그래서 말인데, 당신은 이곳에 왜 온 거야?"

"……."

엘피네가 묻자, 그녀는 손에 쥔 검을 세게 움켜쥐었다.

"나는, 〈여신〉을 해치우기 위해 여기에 왔어."

"여신……?"

엘피네는 레기나와 시선을 마주했다.

그 반응을 보고.

"역시…… 전승이 끊겼구나. 천 년이나 지나면 어쩔 수 없나."

아르레는 약간 낙담한 투로 중얼거렸다.

"너희에게 이야기해 줄 의무는 없어. 저기, 응급처치를 해 준 건 고마워. 하지만 더는 상관하지 마."

"미안하지만, 그럴 수는 없어."

엘피네는 고개를 저었다.

"이 도시의 유일한 생존자일지도 모르는 너를 내버릴 수는 없는 걸. 게다가 〈성검사〉 조사단에는 기민을 보호할 의무가 있어."

"……."

"나쁘게는 안 할 테니, 같이 가지 않겠어?"

사쿠야는 품에서 뭔가를 꺼내서 아르레에게 건넸다.

"이게 뭐야?"

"내가 좋아하는 모나카란 과자야."

"과, 과자…… 어, 어린애 취급하지 마!"

작은 송곳니를 드러내고 화내는 아르레. ——하지만 그때.

꼬르륵 하고 귀여운 소리가 났다.

"……."

"마, 마음대로 해!"

아르레는 얼굴을 더욱 붉히면서 고개를 돌렸다.

◆

(왜, 왜 저 여자가 여기 있는 거죠?)

폐허의 그림자에 숨어있던 셜리는 무심코 도넛 섭취를 멈췄다.

검람(劍嵐)의 요정—— 아르레 키르레시오.

〈정령의 숲〉의 왕녀이자, 육영웅 〈검신〉 샤다르크의 마지막 제자. 〈마왕군〉의 장군 클래스를 몇 명이나 암살했고, 전장에서는 일기당천의 위용을 선보였던 뛰어난 검사다.

〈네크로조아〉의 〈데스 홀드〉에도 침입해서 레오니스의 목을 노린 적도 세 번이나 된다.

(〈해골 요새〉 공방전 때, 행방불명이 됐다고 들었는데——.)

셜리는 옅은 황혼색 눈동자를 슬며시 가늘게 떴다.

〈마왕군〉과 적대하는 저 검사가, 왜 이 시대에 있는 걸까.

엘프 종족은 수명이 길지만, 불로불사는 아니다. 그 수명은 겨우 300년 정도다. 천 년이나 되는 세월을 사는 건 불가능하다.

(……설마, 마왕님과 마찬가지로 전생한 걸까요?)

아니다. 전생의 의식은 여신 로제리아의 힘을 빌려야 하는, 〈제13계위〉의 마술이다.

엘프의 장로조차 그것을 쓸 수는 없다.

(어쨌든, 신중하게 조사할 필요가 있겠군요.)

상대는 부상 중이지만, 셜리의 주인님은 경거망동을 삼가라고 단단히 당부했다.

셜리는 도넛을 다 먹은 후, 그림자 속으로 몸을 숨겼다.

◆

레오니스가 만든 마력이 빛이 광대한 창고 안을 은은히 비췄다.

리세리아의 자연 치유를 기다리는 동안, 레오니스는 창고 안을 살펴보았다.

"세리아 씨, 먹을 게 있었어요."

레오니스는 상자에 가득 들어있던 보존 식량을 들고 오더니, 리세리아 앞에 내려놨다.

보존기간 표시를 보니, 아직 먹을 수 있을 것 같았다.

(10년 넘게 보존할 수 있다니, 대체 무슨 기술이지?)

레오니스는 반신반의했다.

〈시간 고정〉 마술을 쓰면 가능하겠지만, 그것은 인간이 도달할 수 없는 경지인 제8계위에 속한 다.

"으음, 어떻게 먹는 거지……."

그는 내용물을 꺼내서 설명문을 읽기 시작했다.

"레오, 내가 만들까?"

"애 취급하지 마세요. 이 정도는 혼자서도 만들 수 있어요."

"그, 그래? 그럼 레오만 믿을게."

리세리아는 약간 기쁜 듯이 미소 지었다.

(설명에 따르면…… 흠, 불로 가열하면 되는 것 같군.)

레오니스는 손가락 끝에 불길을 만들어서 그 봉투를 데우려고
했다.

"앗! 레, 레오! 내, 냄비에 물을 담아!"

"내, 냄비에요?"

"응. 물을 끓이는 거야."

"알았어요."

레오니스는 〈그림자 왕국〉의 보물고에서 금속으로 된 그릇을
소환했다.

어느 왕국에서 약탈한 성배니 국보니 하던 물건인데, 아마 이것
이면 괜찮으리라.

보관되어 있던 물을 부은 후, 레토르트 팩을 그 안에 투입한다.

"이걸로 됐……죠?"

"응. 잘했어. 대단해."

리세리아는 레오니스의 머리를 상냥히 쓰다듬어 줬다.

레오니스는 리세리아의 얼굴이 약간 불그스름하다는 것을 눈치
챘다.

(뭐지……?)

왠지 모르게 호흡도 약간 거친 것 같다.

"세리아 씨는 쉬고 있어요."

"으, 응……."

리세리아는 얼이 나간 듯한 목소리로 고개를 끄덕였다.

물이 끓을 때까지 기다리는 사이——.

(그건 그렇고, 〈육영웅〉의 〈성녀〉인가——.)

레오니스는 지면에 앉아서, 망령들의 이야기를 머릿속으로 정리했다.

(〈대현자〉 아라키르에 이어, 그 녀석까지 이 세상에서 되살아날 줄이야…….)

〈성녀〉—— 티아레스 리자렉티아. 숙적인 〈육영웅〉 중 한 명이지만, 마왕 시절의 레오니스와는 직접 싸운 적이 없다.

그 권능은 치유와 부활의 기적이다.

죽음을 관장하는 레오니스와는 정반대의 힘이다.

신들의 군세에 힘을 부여하고, 전장에서 목숨을 잃은 인간 영웅을 몇 번이고 되살리는 것이 〈육영웅〉 중 한 명인 〈성녀〉의 역할이었다.

(……아무튼, 수수께끼가 하나 풀렸는걸.)

성녀 티아레스는 〈신성교단〉의 상징적인 존재다. 레오니스가 발견한 교단의 표식은 그녀가 만든 〈보이드〉가 그린 것이 틀림없다.

(……〈성녀〉 티아레스도 〈대현자〉 아라키르 데그라지오스와 마찬가지로 허무에 삼켜져서 〈보이드 로드〉가 됐어.)

왜 이제 와서, 머나먼 태고의 〈육영웅〉이 움직이기 시작한 것일
까——?

(로제리아는 이런 일을 예언하지 않았는데…….)

세상을 침략하는 정체불명의 세력, 〈보이드〉.

비정상적인 정도로 발달한 마도 과학 문명. 그리고 인류에게 주
어진 이능의 힘인 〈성검〉.

뭔가, 예언에서 벗어난 비정상 사태가 발생한 것이 틀림없다.

"레, 오……."

"……?!"

정신을 차리고 보니——.

리세리아의 얼굴이 눈앞에 있었다.

"세, 세리아 씨?"

무심코 가슴이 뛴 레오니스는 숨을 삼켰다.

리세리아의 얼굴은 새빨갛게 달아올라 있었다.

가느다란 숨결을 토하는 입술. 촉촉이 젖은 붉은 눈동자가, 레
오니스를 향해 뜨거운 시선을 보내고 있었다.

"저, 저기…… 미안해, 레오……."

"예……?"

"레오의 피를, 원, 해……."

어여쁜 벗꽃 빛깔 입술에서, 조르는 듯한 목소리가 흘러나왔다.

리세리아가 애절하게 침을 꼴깍 삼킨다.

(아아, 그랬군…….)

부상을 치유하느라 마력을 소모해서 흡혈 충동에 사로잡힌 것

이다.

"아, 알았어요."

레오니스가 제복 소매를 걷으려 하자…….

"……?!"

그녀는 레오니스의 어깨를 세게 움켜잡더니…….

"……으음…… 하, 아…… 흐응…….."

레오니스의 목에, 방금 자라난 조그마한 이빨을 꽂아 넣었다.

"세, 세리아, 씨…… 잠깐, 만요…….."

"으응…… 쪽…… 으읍…….."

평소 아무리 피를 갈망하더라도 레오니스의 말에 순순히 따랐지만, 지금은 마치 정신이 나간 것처럼 피를 갈구하고 있었다.

"으, 에, 오…… 미안, 해…….."

그대로 제복을 찢을 기세로 거칠게 벗기더니, 레오니스를 바닥에 쓰러뜨렸다.

권속으로 삼은 후로, 이런 일은 처음이다. 어쩌면 멸망한 고향을 두 눈으로 본 바람에, 감정이 불안정해진 것일지도 모른다.

쪼옥. 꿀꺽. 꿀꺽.

아름다운 백은색 머리카락이 뺨에 드리운다.

"으……윽……!"

레오니스는 작게 신음 소리를 냈다.

원래 흡혈 행위는 기분 좋은 통증을 동반한다.

하지만 레오니스는 현재 목덜미에서 따끔한 고통을 느끼고 있었다.

그 정도로 리세리아는 흡혈 행위에 빠져든 것이다.

쪼옥. 쭈욱. 쭉. 쪼옥쪼옥.

불꽃이 일렁이는 어둠 속에서, 야릇한 소리가 몇 번이나 울려 퍼졌다.

"세리아, 씨……."

말캉. 부드러우면서 풍만한 리세리아의 가슴이 레오니스의 몸에 닿았다.

레오니스는 무심코 손가락에 힘을 주며, 리세리아의 등을 꼭 움켜잡았다.

"아…… 아앙……으으…… 하웅, 오물♪"

리세리아는 치맛자락이 흐트러지는 것도 개의치 않으며, 목덜미를 깨물었다.

제복 블라우스가 벌어지더니, 청초한 느낌의 하얀 속옷이 희미하게 모습을 드러냈다.

"으~, 더, 더는…… 진짜로, 안 돼……요……."

레오니스의 손가락에서 힘이 빠져나갔다.

그녀의 이성은 완전히 흡혈 충동에 삼켜진 것 같았다.

(위, 위험해…….)

현재 레오니스는 열 살 소년의 육체로 되돌아간 상태다.

이대로 있다간, 온몸의 피를 전부 빨리고 말 것이다.

(쯧……. 어, 어쩔 수 없지. 마술로 재울 수밖에 없나.)

레오니스가 지면에 굴러다니는 〈봉죄의 마장〉을 향해 손을 뻗은 바로 그때였다.

"……으응…… 에오…… 냐암…… 쪼옥…… 으응…… ♪"

『──리아…… 세리아……!』

"조그, 만…… 더…… 으응……."

『으음…… 세리아, 들리니?』

"아…… 응………………… 꺄아아앗?!"

머리 위편에서 목소리가 들려오자──.

리세리아는 화들짝 놀라며 정신을 차렸다.

"피, 피네 선배?!"

화들짝 고개를 들어보니──.

엘피네의 〈아이 오브 위치〉가 머리 위에 떠 있었다.

◆

"거, 걱정 끼쳐서, 죄송해요, 피네 선배!"

흐트러진 제복과 머리카락을 다급히 정돈한 리세리아는 빛의
보주 앞에서 무릎을 꿇었다.

『……왠지 목소리가 상기된 것 같은데, 괜찮아?』

"괘, 괘, 괜찮아요! 기분 탓일 거예요!"

얼굴이 새빨개진 그녀는 고개를 세차게 저었다.

『그, 그래…….』

다행히, 아까 일을 얼버무리는 데는 성공한 것 같았다.

무릎을 꿇은 리세리아의 뒤에는 레오니스가 축 늘어져 있다.

(으……. 나도 참 권속에게, 물러터졌군…….)

레오니스는 두 사람의 대화를 건성으로 들으며 낮은 신음을 흘렸다.

〈언데드 킹〉이었던 시절에는 아까 같은 짓을 허락하지 않았다.

권속에게 피를 너무 빨려 죽은 마왕이 된다면, 후세에도 전해질 수치가 될 것이다.

『──〈보이드〉와 교전한 것 같은데, 무사한 거야?』

"아, 예. 좀 다치기는 했지만, 작전 행동에는 지장이 없어요."

『그렇게 높은 곳에서 떨어졌으면서, 용케 무사하네.』

"그건, 으음, 레오의 〈성검〉 덕분에──."

리세리아는 우물쭈물하며 말을 돌렸다.

『아무튼, 두 사람이 무사해서 다행이야. 레기나와 사쿠야도 안심했어.』

반짝이는 〈보주〉 너머에서는 안도의 기색이 느껴졌다.

『지금 지하 최하층 지구에 있지? 우리는 거기까지 내려갈 수단이 없으니까, 지상에서 합류하도록 하자.』

"알았어요. 아, 선배. 그 전에 보고할 게 있는데──."

『……보고?』

"예. 이 폐허도시에 〈보이드 로드〉가 있을 가능성이 있어요."

『뭐?!』

엘피네의 깜짝 놀란 목소리가 주위에 울려 퍼졌다.

리세리아는 그 망령들의 존재를 얼버무리면서, 지상에서 싸웠던 〈보이드〉의 존재를 통해, 〈센트럴 가든〉의 중심부에 있는 〈마력로〉를 〈보이드 로드〉가 장악했을지도 모른다고 보고했다.

이 시대의 인류는 기본적으로 망령이나 언데드를 믿지 않는다. 망령의 존재를 보고해서 괜한 혼란만 부르는 것보다는 낫다는 리세리아의 판단은 옳을 것이다.

엘피네는 보고를 끝까지 듣더니——.

『〈보이드 로드〉—— 설마…….』

……하고 긴박한 목소리로 말했다.

"물론 아직 추측 단계지만——."

리세리아는 그렇게 운을 뗀 후…….

"〈제03전술도시〉가 〈제07전술도시〉를 향해 이동하기 시작한 만큼, 〈스탬피드〉의 발생 가능성을 고려해 조사를 속행해야 한다고 생각해요."

"그래. 대형 〈보이드〉가 발생한 것을 보면, 배후에 〈보이드 로드〉가 있다고 해도 이상할 건 없어. 어쨌든, 〈센트럴 가든〉의 〈마력로〉를 조사해야만 할 거야——."

〈아이 오브 위치〉가 공중에서 고개를 끄덕이듯 반짝였다.

"그런데, 선배 쪽에서는 아무 일 없었나요?"

이번에는 리세리아가 질문을 던졌다.

"으……음……."

잠시 머뭇거린 후, 엘피네가 대답했다.

『민간인 엘프 소녀를 보호했어.』

"민간인?! 이 폐허도시에 생존자가 있었나요?"

이번에는 리세리아가 깜짝 놀란 목소리로 말했다.

『으음, 〈성검〉을 가지고 있는 걸 보면, 민간인으로 단정하는 건

성급한 판단일지도 몰라. 아무튼, 자세한 이야기는 합류하고 나서 해 줄게.』

"아, 예. 알았어요. 어디서 합류할까요?"

『어디, 적당한 장소가 있을까?』

리세리아는 잠시 생각에 잠기더니——.

"그럼 〈센트럴 가든〉에 있는 크리스타리아 공작가 저택은 어떨까요?"

『〈크리스타리아 공작가 저택〉—— 그래. 거기라면 레기나도 안내해 줄 수 있을 테니 적당할 거야. 알았어. 두 사람 다 조심해.』

"예. 선배들도 조심해요——."

통신이 끝난 후——.

〈아이 오브 위치〉는 빛이 잦아들면서, 휴면 모드에 들어갔다.

〈성검〉을 계속 가동해 두면 엘피네의 정신력이 급격히 소모되는 것 같았다.

리세리아는 가볍게 숨을 내쉬더니, 등 뒤에 있는 레오니스를 돌아보았다.

"이제 흡혈 충동은 가라앉았나요?"

"으~ 미, 미안해. 레오!"

레오니스가 약간 심술궂은 질문을 던지자, 리세리아는 얼굴을 새빨갛게 붉히며 사과했다.

"피를 빨아도 된다고 말하긴 했지만, 과하게 빠는 건…… 저기, 곤란해요."

"아, 아까는 머릿속이 멍해지면서, 정신이 나간 바람에……."

어깨를 축 늘어뜨리고 울상을 짓는 리세리아.

(……뭐, 권속을 너무 놀리는 것도 좀 그런가.)

권속에게 물러터진 레오니스는 헛기침을 했다.

"그냥 해 본 말이에요. 세리아 씨의 마력이 회복된 것 같아서 다행이에요."

"레오……."

"그럼 잠시만 쉰 다음, 합류 지점으로 향하죠."

레오니스는 몸을 천천히 일으켰다.

빈혈 때문에 현기증이 약간 났지만, 그렇다고 움직이지 못할 정도는 아니었다.

따뜻하게 데운 보존식 스튜를 그릇에 담은 후, 스푼과 함께 리세리아에게 건넸다.

"고마워. 잘 먹을게."

리세리아는 예의 바르게 두 손을 모은 뒤 미소를 지었다.

"그런데, 아까 말한 〈크리스타리아 공작가 저택〉은——."

"응. 내 생가야."

리세리아는 고개를 끄덕였다.

"공작가 저택은 도시 중심에 있는 섬——〈센트럴 가든〉의 행정구에 있어. 표식이 될 만한 건물은 전부 부서졌지만, 〈크리스타리아 공작가 저택〉이라면, 나와 레기나도 길을 헤매는 일 없이 갈 수 있을 거야. 게다가——."

무슨 말을 하려던 리세리아는 입을 다물었다.

레오니스는 그 이유를 짐작할 수 있었다.

이 폐허도시에 사로잡혀 있던, 크리스타리아 기사의 영혼. 리세리아의 아버지인 크리스타리아 공작 또한 그 망령들처럼 방황하고 있을지도 모른다.

(아니면, 이미 〈성녀〉의 힘에 〈보이드〉로 변했거나——.)

아무튼, 레오니스는 조사해야만 한다.

이 폐허도시에서, 무슨 일이 벌어지고 있는지를——.

◆

——〈센트럴 가든〉 지하 최하층.

반구형 공간의 중심에서는 거대한 〈마력로〉가 찬란히 빛나고 있었다.

"——아아. 마침내. 드디어 〈여신〉의 그릇이 가득 찬다."

성당처럼 조용한 그 장소에서, 신관 차림을 한 청년이 웃음을 흘렸다.

네파케스 보이드 로드.

그 눈앞에 있는 제단에는, 교단이 모은 수십 자루의 〈마검〉이 있었다.

그것을 한 자루, 한 자루…… 장작을 화로에 넣듯, 찬란히 빛나는 〈마력로〉에 집어넣었다.

부글…… 부글부글부글…… 부글…….

빛나는 〈마력로〉는 그가 넣은 〈마검〉을 집어삼켰다.

"〈여신〉이시여, 천 년이란 기나긴 세월 동안 우리는 기다려 왔습니다. 〈루미너스 파워즈〉에 홀로 반기를 든, 위대한 존재이시여――."

네파케스는 황홀한 표정으로, 위를 올려다보았다.

그곳에는 〈마력로〉와 융합한, 피부가 새하얀 여자가 있었다.

――〈여신〉의 전생과 때를 같이하여 부활한 〈육영웅〉의 〈성녀〉.

그녀는 빛을 잃은 눈으로 허공을 응시한 채, 작은 목소리로 노래를 자아내고 있었다.

"아아, 멋진 소리로군요. 〈육영웅〉의 〈성녀〉 티아레스 리자렉티아. 〈여신〉이 이끄는 군대의 숙적이었던 당신의 노래가, 이렇게 기분 좋게 들릴 줄은 몰랐습니다."

허무에 삼켜진 〈육영웅〉은, 현재 〈여신〉이 전생할 그릇이 됐다.

로제리아 이슈타리스가 남긴 영혼의 조각이, 이 허무 속에서 부화하리라.

"이제…… 이제 얼마 남지 않았습니다――."

그가 모든 〈마검〉을 집어넣은 바로 그때――.

비둘기처럼 생긴 〈인조정령〉 사역마가 그 어깨에 앉았다.

"무슨 일이죠? 흥을 깨는군요――."

그는 인상을 찡그렸지만, 정령의 보고를 듣자마자 냉정한 표정을 지었다.

"――〈천사〉가 소멸했다고요?"

그 강대한 〈보이드〉는 성역의 자객에게 보냈는데…….

(그 엘프의 용사를 얕본 걸까요. 아뇨――.)

네파케스는 단말을 기동시키더니, 이 전술 도시의 감시 네트워크에 접속했다.

——잠시 후…….

감시 네트워크는 외부 구역에서 수상한 물체를 발견했다.

방치된, 제국 기사단이 이용하는 〈전술항공기〉다.

"〈성검사〉 조사부대입니까. 예상보다 빨리 왔군요."

그는 어깨를 으쓱하며 탄식을 토했다.

〈성검사〉 따위가 그 〈천사〉를 쓰러뜨렸다는 게 믿기지 않지만

——.

"뭐, 좋습니다. 쓰레기 청소나 해 볼까요."

맥동하는 〈마력로〉를 만족스럽게 올려다보며, 네파케스는 그렇게 중얼거렸다.

제7장 크리스타리아 공작가 저택

Demon's Sword Master of Excalibur School

"여기서 조금 더 가면 〈센트럴 가든〉으로 이어지는 지하 철도가 있을 거야."

그렇게 말한 리세리아는 단말에 표시된 지도를 손가락으로 가리켰다.

연결 브리지 바로 아래편에 있는, 행정구로 이어지는 직통 루트다.

"철도를 움직일 수 있는 거예요?"

"레오, 철도는 〈비클〉 같은 탈것이 아냐."

리세리아는 검지를 좌우로 흔들며 쓴웃음을 흘렸다.

아무래도 부끄러운 질문을 한 것 같았다.

"레일을 따라 걷는 거야. 지상으로 나가서 이동하는 것보다 시간을 절약할 수 있을 테고."

"걷는 건가요……."

레오니스는 지긋지긋하다는 듯한 표정을 지었다.

그런 레오니스를 본 리세리아는…….

"학교에 돌아가면 기초 체력 훈련 수업을 더 신청해야겠네."

빙그레 웃으며 그렇게 말했다.

"그럼, 가자――."

"――아, 잠깐만요."

레오니스는 걸음을 옮기려 하는 리세리아를 말렸다.

"레오……?"

"세리아 씨에게 줄 게 있어요."

"줄 것 있다고?"

리세리아는 영문을 모르겠다는 듯이 고개를 갸웃거렸다.

"그 기사들의 망령이 말했죠? 〈마력로〉 근처에 있던 혼들은 전부 〈보이드〉로 변질됐다고요."

"……응."

"저 혼자서는 세리아 씨를 지키지 못할 수도 있어요. 아까처럼 말이에요――."

레오니스는 리세리아의 발을 쳐다보았다.

발의 부상은 〈뱀파이어 퀸〉의 능력으로 치유했지만, 자칫 잘못했으면 더 심하게 다쳤을지도 모른다.

"레오, 혹시 걱정해 주는 거야?"

"윽……. 자, 자기 몸은 자기가 지키라는 말이에요."

리세리아가 해맑은 눈으로 보자, 레오니스는 고개를 돌렸다.

그리고 어흠 하고 헛기침한 후, 〈봉죄의 마장〉의 자루 부분으로 지면의 그림자를 두드렸다.

――그러자, 검은 그림자에 파문이 일었다.

그 파문의 중심에서 요사한 광채를 두른 물체가 모습을 드러냈다.

그것은 명계에 피어나는 혈화를 연상케 하는 아름다운 진홍색 드레스였다.

가슴 언저리가 대담하게 파인 강렬한 디자인.

옷자락과 소매에는 마력이 담긴 실로 정교한 자수가 놓여 있었다.

"……드레스?"

리세리아는 아이스블루 빛깔 눈을 휘둥그레 떴다.

"——예. 〈신부 드레스〉예요."

"뭐? 시, 신부?!"

리세리아의 얼굴이 새빨갛게 달아올랐다.

"레, 레오, 으음…… 기쁘긴, 한데…… 어, 어어, 어쩌지?"

리세리아는 한 손으로 입을 막으며 당황한 듯한 반응을 보였다.

"오, 오해했나 보네요."

레오니스는 허둥지둥 말했다.

"이건 원래 제 오른팔이 될 권속에게 주어지는 최상급 장비품이에요. 세리아 씨에게는 아직 이르다고 생각하지만, 현재 상황을 고려해 특별히 드리겠어요."

이 드레스의 진정한 명칭은 영웅급 장비—— 〈진조(眞祖)의 드레스〉.

〈그림자 왕국〉의 〈보물고〉 안에서도 최상급의 장비다.

브라커스와 함께 쳐들어갔던 뱀파이어 성의 보물고에서 탈취한 국보다.

마력 제어에 좀 더 능숙해지면 줄 생각이었지만, 지금이 적당한 타이밍이란 생각이 들었다.

"이〈진조의 드레스〉는〈뱀파이어 퀸〉의 마력을 변환해서 육체를 강인하게 만들어요. 힘은 폭발적으로 상승하지만, 마력이 급격히 소모되니 신중하게 사용하세요."

레오니스는 마장을 치켜들며 주문을 읊조렸다.

드레스가 저절로 접히더니, 리세리아의 그림자 안으로 빨려 들어가듯 사라졌다.

"사라졌어……?!"

"세리아 씨의 그림자에 녹아드는 거예요. 불러내고 싶으면, 드레스를 입은 자신의 모습을 이미지하면서 마력을 끌어올려 보세요. 그렇게 어렵지는 않을 거예요."

"아, 알았어……."

리세리아는 진지한 표정으로 고개를 끄덕였다.

"고마워, 레오. 소중히 간직할게."

"고마워할 필요 없어요. 권속의 본래 사명은 주인을 지키는 거니까요."

레오니스는 또 어험 하고 헛기침을 하더니…….

"그리고 이곳에 있는 동안, 정예 기사에게 세리아 씨의 호위를 맡기겠어요."

"기사?"

"——예. 그림자 왕국에서 나와라,〈로그너스 삼용사〉!"

레오니스가 자신만만한 미소를 머금으며 소환의 말을 입에 담았다.

발치에 그려진 마술방진이 푸른색의 불길한 빛을 뿜었다.

그 중심에서 나타난 건——.

각각 마법의 무기를 손에 쥔, 스켈레톤 전사 셋이었다.

"소생은 빙옥의 검사 아미라스."

검을 손에 쥔 가죽 갑옷 차림의 스켈레톤이 포즈를 취했고…….

"이 몸은 지옥의 투사 도르오그."

이어서 철구를 손에 쥔 중갑주 차림의 스켈레톤이 포즈를 취했으며…….

"본좌는 명계의 법술사 네피스갈."

마지막으로, 지팡이를 쥔 로브 차림의 스켈레톤이 포즈를 취했다.

"——우리는 영광의 〈로그너스 삼용사〉!"

그 세 해골을 본 순간——.

"……."

리세리아의 표정이 눈에 띄게 어두워졌다.

"또 해골이야……?"

"아, 아니에요! 이자들은 훈련용 스켈레톤과는 차원이 다르다고요!"

레오니스는 허둥지둥 부정했다.

겉보기에는 평범한 스켈레톤과 크게 다르지 않으니, 그렇게 생각하는 것도 어쩌면 당연하다.

하지만 그들은 스켈레톤 병사는 물론이고, 〈히페리온〉에서 소환했던 〈로그너스 왕국 기사단〉 중에서도 최정예라 할 수 있는 최상급 언데드들이다.

"그들은 저의 전우예요. 함께 전장을 누빈 역전의 용사들이죠."

"그, 그래……?"

리세리아는 미심쩍은 눈으로 스켈레톤들을 쳐다보더니——.

"왠지 들러붙은 거 같은데."

포즈를 취한 채, 꼼짝도 못하는 그들을 손가락으로 톡톡 두드렸다.

"음. 어이, 도르오그. 소생한테서 떨어져라."

"흠, 아미라스여. 네놈이야말로 이 몸에게서 떨어지란 말이다."

"그대들, 움직이지 마라! 노쇠한 뼈에 금이 갈 것 같구나!"

뿌득. 뼈가 부러지는 끔찍한 소리가 들렸다.

(으~. 이, 이 녀석들이 지금 뭐 하는 거야!)

레오니스는 머리를 감싸 쥐었다.

"가만히 있어봐. 으음…… 여기를, 이렇……게……."

리세리아가 뒤엉킨 뼈를 살며시 빼주자, 세 해골은 겨우 떨어지는 데 성공했다.

"오오, 감사하옵니다. 아름다운 공주시여."

"이 은혜를 잊지 않겠습니다. 이 목숨을 걸고, 당신을 지키겠습니다."

"언데드에게는 목숨이 없지만 말이지요. 끌끌끌!"

유쾌하게 웃는 아미라스, 도르오그, 네피스갈.

리세리아는 '정말 괜찮은 거야?'라고 말하는 듯한 시선으로 레오니스를 쳐다보았다.

"세, 셋 다 실력은 확실해요."

레오니스는 얼버무리듯 그렇게 말했다.

"불사자 중에서도 가장 고귀한 〈뱀파이어 퀸〉을 모시게 되다니, 이 아미라스에게는 더없는 영광이옵니다."

"그렇습니다. 〈뱀파이어 퀸〉이라면, 순결한 처녀만이 될 수 있는——."

"처——."

리세리아가 얼굴을 새빨갛게 붉힌 바로 그때였다.

퍼억!

레오니스가 투사 도르오그의 머리를 지팡이로 후려쳤다.

뼈는 박살이 나서 지면에 흩뿌려졌다.

"뭐 하는 겁니까. 아프군요, 레오니스 님."

전혀 아프지 않은 듯이(당연했다), 흩어진 뼈가 다시 조립됐다.

"으~ 시끄러워. 내 얼굴에 먹칠하지 마!"

레오니스는 지팡이를 휘둘러서, 스켈레톤 셋을 리세리아의 그림자에 집어넣었다.

◆

15분 정도 걷자 폐기된 터미널이 나왔다.

차고에는 다수의 소형 차량이 옛날 그대로의 모습으로 남아 있었다.

"——이게 좋겠군요."

레오니스는 검정 차량의 측면을 두드렸다.

"왕족과 귀족을 위한 특별 열차야. 어릴 적에 몇 번 탄 적이 있어."

리세리아가 차체를 만지면서, 그리움이 어린 목소리로 말했다.

"그럼 이걸로 하죠."

"뭐?"

리세리아가 놀랄 틈도 주지 않으며——.

"——〈염참검(炎斬劍)〉."

부오!

레오니스가 쥔 지팡이 끝에 불꽃의 칼날이 생겨나더니, 연결된 차량을 잘라냈다.

"저기, 레오. 뭘——."

"몇 시간이나 걷는 건 좀 피곤할 것 같아서요——."

레오니스는 지팡이 끝으로 발치를 가리키더니, 소환 주문을 영창했다.

"전장을 밟고 달리는 죽음의 운반자, 그림자 왕국의 불길한 전투마여——."

그러자 발치의 그림자에 파문이 생겨나더니, 무언가가 기어 나왔다.

두…… 두두두두…… 두두두두두……!

어둠 속에서 불길하게 빛나는 진홍색 눈.

온몸에 파르스름한 불꽃을 두른, 거대한 해골 군마 두 마리.

전장을 질주하는 악몽——〈해골마〉.

레오니스가 사역하는 상위 언데드다.

"해골 말?"

"실은 전차도 있지만 말이에요." ^{채 리 엇}

레오니스는 어깨를 으쓱하며 고개를 저었다.

좌우의 바퀴에 커다란 낫이 달린 전용 전차는 레오니스가 전선에 나섰던 최후의 전장에서 탑승자인 〈사신〉과 함께 육영웅 〈검성〉 샤다르크에게 파괴되고 말았다.

두 〈본 메어〉는 큰 울음소리를 토하더니, 또각또각 하는 소리를 내며 차량 앞으로 걸어갔다.

그 거구를 감싼 파르스름한 불꽃이 차량을 감쌌다.

"이걸로 이 차량은 〈본 메어〉가 끄는 전차가 됐어요."

레오니스는 지팡이의 머리 부분으로 차량의 문을 두드리면서, 〈잠금 해제〉 주문을 영창했다. ^{언 록}

도어 프레임에 마력의 빛이 어리더니, 문이 열렸다.

최첨단 마도기기도, 그 원리는 마술 이론의 응용이다.

단순한 장치라면, 고대의 마술로도 간단히 간섭할 수 있다.

"자, 타세요. 세리아 씨."

레오니스는 황당해서 입을 떡 벌린 리세리아에게 손을 내밀었다.

◆

"선배, 이게 작동할까요?"

"인증식 잠금장치가 있네. 어떻게든 해 볼게."

레기나가 몸을 웅크리고 버려진 군용 비클의 바퀴를 점검했고, 엘피네는 〈아이 오브 더 위치〉로 보안 인증을 해제하려고 했다.

그런 두 사람의 모습을, 검을 품에 안은 엘프 검사가 응시하고 있었다.

때때로 긴 귀가 움찔거리는 것은 두 사람의 대화에 귀를 기울이고 있기 때문이다.

바람 소리조차 들을 수 있는 엘프의 청력은 인간을 가볍게 능가한다.

이들의 대화를 들으면서 눈치챈 것은——.

(진짜로 이 폐허도시를 조사하러 왔을 뿐인 것 같아.)

아르레 키르레시오는 속으로 그렇게 중얼거렸다.

이들은 이형의 괴물과 싸우는, 이 시대의 기사 계급 같았다.

그리고 〈성검〉이라 불리는, 마술과는 근본 원리가 다른 힘을 지닌 것 같았다.

(마술에 비해 응용이 어려운 힘인 것 같지만——.)

아르레는 아직 고통이 느껴지는 옆구리를 움켜쥐며 인상을 찡그렸다.

(〈신성 마술〉을 쓰는 자가 있다면, 이 상처도 금방 치유할 수 있을 텐데…….)

마력을 순환시켜서 육체의 치유 능력을 높이고 있지만, 완치까지는 시간이 걸릴 것 같았다.

(한심하게도, 허를 찔렸어…….)

허공의 균열에서 나타난, 대형 〈천사〉와 흡사한 이형의 괴물.

그렇게 강력한 개체가 있을 거라고는 생각도 못 했다.

물론 자신의 검술 실력이 전성기에 미치지 못한다는 것은 자각하고 있다.

그럴 수밖에. 천 년이나 되는 세월 동안 〈장로 나무〉 안에서 잠을 잔 것이다.

(조금이라도 더 감을 되찾아야만 해——.)

디 아크 세븐스—— 참마검 〈크로우작스〉의 손잡이를 움켜쥐었다.

그건 그렇고——.

천사 타입의 괴물을 불러낸, 그 남자——.

그자는 대체 정체가 뭘까……?

(〈여신〉의 전생체를 수호하는 자?)

〈여신〉에게 수호자가 있을 가능성을, 사명을 내린 〈장로 나무〉도 우려하고 있었다.

〈여신〉의 부활을 바라는 자—— 로제리아 이슈타리스의 신봉자.

가장 가능성이 큰 건, 모습을 감춘 〈마왕〉들이다.

예를 들자면, 〈언데드 킹〉이라 불렸던 레오니스 데스 매그너스.

〈마왕군〉 중에서도 끝까지 저항한, 〈팔마왕〉 중에서 최강이라 불렸던 〈마왕〉.

〈네크로조아〉 함락 직전, 그 〈불사자의 마왕〉은 불길한 예언을 남겼다고 한다.

이 세상에 어둠이 존재하는 한, 자신은 몇 번이든 부활해서 세상을 공포의 도가니에 빠뜨릴 것이다──.

마왕 레오니스는 죽음을 초월한 왕이다.

천 년의 세월을 뛰어넘어 부활할 가능성은 충분히 있다.

(혹은──〈이계의 마신〉아즈라 일?)

이쪽도 소멸이 확인되지 않은 〈마왕〉 중 하나다.

마신 아즈라 일은 〈육영웅〉의 아라키르 데그라지오스에 의해, 본거지인 〈이차원성(異次元城)〉의 옥좌에 봉인되었다고 한다.

여덟 〈마왕〉 중, 여신에게 진정으로 충성을 맹세한 자는 이들뿐이다.

(그 남자는 〈마왕〉의 수하일까. 아니면 다른──.)

눈앞의 지면을 쳐다보며, 그런 생각을 하고 있을 때…….

"통증은 좀 가셨어?"

파란 머리 소녀가 무릎을 굽히며 물었다.

이름은 사쿠야였던 것으로 기억한다. 눈매가 시원시원한 느낌인, 아름다운 소녀다.

"응…….."

아르레는 차가운 투로 답하며 고개를 들었다.

이 소녀는 자신의 감시를 맡고 있을 것이다.

"미안해. 의료 기술에 조예가 있는 사람이 있다면 좋았을 텐데…….."

사쿠야는 피가 스민 붕대를 보았다.

"심한 상처는 아니야. 이 정도면 금방 나을 거야."

아르레가 고개를 돌리자, 그 소녀는 천천히 옆에 앉았다.

"멋진 검인걸. 이름이 있어?"

그리고 아르레가 안고 있는 〈크로우작스〉를 쳐다보았다.

"——〈마왕살(魔王殺)〉이라고 해."

"거창한 이름이네."

"응——."

사쿠야가 흥미로운 듯한 시선을 계속 보내오자…….

"아까 왜 칼을 멈춘 거야?"

아르레는 그렇게 물었다.

"별다른 이유는 없어. 검을 맞대어보니, 네가 나쁜 녀석이 아니라는 걸 알았거든."

"……그게 무슨 소리야? 감이었던 거야?"

"응. 그래도 내 감은 잘 맞거든."

푸른 머리카락의 소녀가 쓴웃음을 지었다.

"너, 강하구나. 나만큼은 아니지만 말이야."

"그래?"

"어느 나라의 검술이야?"

약간 흥미가 생겨서 물어보자, 그녀는 잠시 침묵한 후…….

"〈오란〉의 검술이야. 언니와 나에게만 계승된, 일자상전의 〈절도기(絕刀技)〉란 거지."

"처음 들어봐."

천 년 전에는 그런 이름의 나라가 없었다.

"이제는 존재하지 않는 나라야."

소녀는 조용한 어조로 말했다.

"내 고향은 〈보이드〉에 멸망했어."

"그랬구나……. 괜한 걸 물어서 미안해."

아르레는 고개를 숙였다. 그리고 머리 뒤편으로 모아 묶은 머리카락을 손가락으로 희롱하며…….

"내 고향도, 이제는 없어."

푸른 머리카락의 소녀도 눈을 약간 치켜떴다.

"숲속에 있는, 정령과 엘프의 성역. 조용하고, 아름다운 장소였어."

"……〈보이드〉에 멸망당한 거야?"

"아니야."

아르레는 고개를 저었다.

"〈귀신왕(鬼神王)〉 디졸프 조아── 이름을 말해 봤자 들어본 적 없을 거야."

사그의 산맥을 지배하는 〈귀신왕〉은, 팔마왕 중에서도 가장 잔학한 마왕이었다.

귀신왕이 보낸 오거 군대는 숲을 무차별적으로 짓밟았다.

(두 번 다시 그런 일이 벌어지게 두지 않겠어.)

아르레는 〈마왕살〉을 움켜쥐었다.

이 검으로, 모든 재앙의 원흉인 〈여신〉, 로제리아 이슈타리스를 해치우는 것이다.

"──아, 움직일 것 같아요."

금발 소녀가 이쪽을 쳐다보며 손을 흔들었다.

버려진 비클을 수리한 것 같았다.

"어디로 가는 거야?"

"폐허도시의 행정구인 〈센트럴 가든〉이야. 거기서 동료와 합류할 거야."

"너희만 이곳에 온 게 아니구나."

"응――."

사쿠야는 고개를 끄덕이더니, 소형 단말을 보여줬다.

그 화면에는 엘프가 보기에도 아름다워 보이는 백은색 머리 소녀와――.

"어린애……?"

단정하게 생긴 소년이 표시되어 있었다.

"응. 레오니스라고 해. 유적에서 발견된, 아직 열 살밖에 안 된 소년이야."

사쿠야는 말했다.

"하지만 강력한 〈성검〉의 힘을 지녔어."

아르레는 입을 다물었다.

이런 어린아이까지 이형의 괴물들과 싸우고 있다.

그 정도로, 이 세계는 위험한 상황에 봉착한 것이리라.

그건 그렇고――.

아르레는 눈썹을 약간 찌푸렸다.

"레오니스? 좋은 이름은 아니네."

"뭐……?"

"그 이름은, 내 고향에서 저주받은 이름이었어……."

지이이이이잉 하고 날카로운 소리가 들려오자, 아르레는 고개를 들었다.

비클의 수리가 끝난 것 같았다.

"군용 차량의 인증을 뚫다니, 선배는 역시 대단해요."

"제도의 보안에 비하면 간단하거든. 레기나, 길 안내를 부탁할게."

"예, 맡겨주세요. 사쿠야, 출발하죠——."

"알았어."

사쿠야는 몸을 일으키더니, 아르레를 향해 손을 내밀었다.

"일으켜 줄까?"

"혼자서 일어설 수 있어."

아르레는 참마검 〈크로우작스〉를 잡고 몸을 일으켰다.

◆

다그닥다그닥, 덜커덕덜커덕——!

불똥이 뛰는 금속 바퀴와 지면과 부딪치는 말발굽 소리.

〈마골열차(魔骨列車)〉는 격렬한 소리를 내며 지하 터널을 내달렸다.

마치 세상의 종말을 알리는 듯 무시무시한 굉음이었다. 진홍색으로 빛나는 〈본 메어〉의 안광이, 어둠을 서치라이트처럼 비췄다.

차량의 객실 안에서는 레오니스가 우아하게 커피를 마시고 있었다.

〈성검학원〉의 매점에서 산, 매우 일반적인 캔 커피다.

"좀 시끄럽기는 하지만, 꽤 쾌적하네요."

"응……."

맞은편에 앉은 리세리아는 아까부터 레오니스를 지그시 쳐다보고 있었다.

레오니스는 미간을 살짝 찌푸리더니…….

"세리아 씨, 왜 그래요?"

"아, 응…… 저기, 미안해."

리세리아는 허둥지둥 두 손을 저었다.

"너무 느린가요? 하지만 속도를 더 냈다간 탈선할지도——."

"아, 그게 아냐. 저기, 왠지, 레오가——."

그녀는 약간 말을 고르듯 입을 다물더니…….

"마왕 같다……는 생각이 들었어."

"끅…… 쿨럭, 쿨럭?!"

레오니스는 무심코 커피를 뿜었다.

"어?! 레오, 괜찮아?"

리세리아는 품에서 꺼낸 손수건으로 레오니스의 바지를 닦아 줬다.

"바, 방금, 뭐라고 했죠……?"

레오니스는 콜록콜록 기침하면서 되물어보았다.

확실히 리세리아 앞에서 〈마왕〉의 힘을 꽤 선보이기는 했지만, 아직 정체를 밝히지는 않았다. 레오니스를 기억을 잃은 고대의 마술사 정도로 인식하고 있을 것이다.

리세리아는 손수건을 곱게 접으며 말했다.

"아버님은 내가 어릴 적에 옛날이야기를 들려주시곤 했어. 레오를 보니, 그 옛날이야기에 나온 마왕 같다는 생각이 들지 뭐야."

"옛날이야기, 인가요……."

아무래도 정체가 들통난 것 같지는 않았다. 레오니스는 안도의 한숨을 내쉬었다.

"뼈로 된 말을 탄 〈마왕〉은 수많은 수하를 거느렸고, 뼈로 된 성에 살아. 그리고 하늘에서 번개가 내려치게 하거나, 불을 토할 수도 있대."

"불은 못 토해요!"

레오니스는 무심코 반론했다.

"그, 그래? 마왕은 불을 토할 수 있다고, 아버님이……."

리세리아는 고개를 갸웃거렸다.

(흠…….)

단순한 옛날이야기 같지만, 흥미가 생기기는 했다.

레오니스의 조사에 따르면, 이 세상에서는 마왕의 전승이 끊긴 것 같았다.

하지만 역사에서 사라진 〈마왕〉과 〈신들〉의 존재가 그런 전승으로 형태를 바꿨으며, 그 잔재가 남았을 가능성은 있다.

"아, 레오가 닮았다는 마왕은 나쁜 마왕이 아니라 좋은 마왕이야."

"좋은 마왕이란 게 대체 뭐죠……?"

레오니스는 퉁명한 어조로 물었다.

"그 무시무시한 마왕이 〈보이드〉를 해치워줄 거라고, 아버님은 말씀하셨어."

"······."

침묵. 뼈로 된 말의 말발굽 소리가 주위에 울려 퍼졌다.

바로 그 마왕이, 리세리아의 눈앞에 있는데 말이다.

어쨌든, 딱히 신경 쓸 필요 없는 이야기다.

아버지가, 딸을 안심시키기 위해 들려준 상냥한 거짓말에 지나지 않는다.

"이상한 소리를 해서 미안해."

리세리아는 창밖의 어둠을 쳐다보며······.

"하지만 그런 무시무시한 마왕이 이 세상에 나타나 줬으면 해서──."

"아, 저 같은 마술사가 〈마왕〉이라 불리는 건 영광스러운 일이에요."

레오니스는 여유로운 미소를 머금었다.

"그런데, 그 옛날이야기에서 마왕은 어떻게 되나요?"

"용사가 마왕을 쓰러뜨리고, 해피 엔딩으로 끝나."

"졸작이군요······."

"어?"

"아무것도 아니에요."

◆

히이이이이이이이이이이잉!!

악몽을 부를 법한 〈본 메어〉의 무시무시한 울음소리가 지하 터널에서 울려 퍼졌다.

"──도착한 것 같네요."

레오니스가 지팡이로 바닥을 두드리자, 차량은 서서히 속도를 줄인 끝에 정지했다.

문을 열고, 밖으로 나갔다.

차량 일부가 역 밖으로 노출되어 있지만, 이 정도는 오차 범위 안이다.

차량을 끌던 뼈가 마력을 잃더니, 그대로 바스라졌다.

흩뿌려진 뼈는 늘어난 레오니스의 그림자에 빠져들듯 삼켜졌다.

이참에 이 차량도 손에 넣을까 했지만──.

『〈그림자 왕국〉의 보물고는 이미 포화 상태예요!』

화내는 셜리의 얼굴이 머릿속에 어른거려서 관뒀다.

"레오의 그림자는 대체 뭐가 어떻게 된 거야?"

리세리아는 흥미롭다는 듯이 고개를 갸웃거렸다.

조심조심 그 그림자에 발을 올려 보지만, 아무 일도 일어나지 않았다.

"모르는 게 약이에요."

레오니스는 여유롭게 웃으며 말했다.

자신의 그림자 안에 〈왕국〉 하나가 통째로 있을 거라고는 생각도 못할 것이다.

사실 〈왕국〉의 가장 깊숙한 곳은 레오니스 자신도 건드리지 않는다.

거대한 심연에 있는 〈묘소〉에는 가장 강대한 권속이 봉인되어 있지만, 당분간은 깨울 생각이 없다. 그것은 현재의 레오니스에게 버거운 존재다.

어둠 속을 나아간 두 사람은 지상으로 이어지는 〈승강기〉를 발견했다.

"이건 이용할 수 없을 것 같네요."

"응. 계단으로 올라가자."

"그래야겠어요."

레오니스는 노골적으로 한숨을 내쉬었다.

체력이 없는 열 살 소년의 몸으로, 지상까지 계단으로 올라가는 건 힘들었다.

"기초 체력 훈련이라 생각하면서 힘내."

리세리아는 레오니스의 머리를 부드럽게 쓰다듬어 주더니, 경쾌하게 걸음을 내디뎠다.

정적 속에서, 뚜벅뚜벅 딱딱한 발걸음 소리만이 울려 퍼졌다.

레오니스는 리세리아의 손에 이끌리며 계단을 올라갔다.

(천장을 전부 날리고 비행 마술로 올라가는 게 편하지 않을까?)

레오니스는 헥헥대면서 속으로 그런 생각을 했다.

뚜벅뚜벅 하고 걸음을 옮기며…….

"왠지 레오를 발견했을 때가 생각나."

리세리아가 불쑥 그런 말을 입에 담았다.

"그러, 네요⋯⋯."

그러고 보니, 그때도 이렇게 손을 잡고 이끌리면서 영묘의 계단을 올라갔다.

그 도중에 〈보이드〉에게 습격을 당했고, 리세리아는 레오니스를 감싼 바람에 목숨을 잃었다.

(당시의 나는 단순히 정보를 얻을 도구로만 여겼지.)

레오니스는 그 일을 떠올리며 쓴웃음을 지었다.

"그때는 우연히 문을 발견해서, 레오를 구할 수 있었어."

"문?"

"응. 레오가 갇혀 있던 방의 문 말이야. 고대 문자가 새겨져 있어서, 그걸 해독하려고 하니까 갑자기――."

"⋯⋯아, 그랬죠."

그 점은 레오니스도 의아하게 생각하고 있었다. 〈언데드 킹〉을 봉인한 지하 영묘의 문은, 그 어떤 수단으로도 열 수 없도록 엄중하게 봉인되어 있었다.

실제로 천 년 동안, 그 문을 연 자는 없었다.

그렇다면, 어째서 리세리아는 봉인을 풀 수 있었던 걸까.

(봉인 마술이 불완전했을 리가 없는데⋯⋯.)

"곧 지상에 도착할 거야."

리세리아가 레오니스를 격려하듯 그렇게 말했다.

그로부터 5분 정도 더 올라가자, 두 사람은 겨우 지상에 도착했다.

제03전술도시――〈센트럴 가든〉 행정구의 터미널이다.
^{서드 어설트 가든}

"공작가 저택은 여기서 조금 떨어진 곳에 있어."

"더, 더 걸어야 하나요?"

레오니스가 지긋지긋하다는 표정으로 그렇게 말하자…….

"조금만 더, 힘내."

리세리아는 쓴웃음을 짓고 레오니스의 머리를 쓰다듬었다.

◆

〈센트럴 가든〉행정구—— 크리스타리아 공작가 저택.

문을 파괴하고 안으로 들어가자, 황폐한 정원이 눈앞에 펼쳐졌다.

아니, 정원이라고는 도저히 부를 수 없었다.

독기에 초목이 전부 말라버린, 황폐한 땅이었다.

리세리아는 지면의 돌멩이를 밟으며, 안으로 들어섰다.

(6년 만의 귀향……인가.)

레오니스는 아무 말 없이 뒤따랐다. 평소에 리세리아는 레오니스의 보폭에 맞춰 천천히 걸었지만, 지금은 그럴 여유가 없는 것 같았다.

황폐해진 정원 너머에는 저택을 연상케 하는 거대한 건물이 있었다.

〈흐레스벨그〉여자 기숙사와 흡사하게 생긴, 〈론데르크 고왕조(古王朝)〉양식 건축물이다.

이 시대 귀족들 사이에서는 복고 취향이 유행했던 건지, 이곳은 주위에 존재하는 복층 건물들 사이에서 꽤 튀는 인상을 주었다.

돌이 깔린 현관 보도를 걸어간 두 사람은 공작가 저택 앞에 도착했다.

"문은 안 잠긴 것 같네."

리세리아는 눈앞에서 고개를 끄덕이더니…….

"이야아아압!!"

주먹에 마력을 담아서, 강화 소재로 된 문을 파괴했다.

"세리아 씨, 난폭하잖아요."

레오니스가 그렇게 말했지만, 리세리아는 조급한 듯이 안으로 들어갔다.

쌓인 먼지가 흩날려서 리세리아가 작게 기침한다.

두 사람을 맞이한 곳은 널찍한 로비였다.

양옆에 계단이 있고 2층으로 이어진다.

레오니스는 〈봉죄의 마장〉의 끝에 빛이 어리게 했다.

"누가 헤집어 놓지는 않았나 보군요."

"응. 〈보이드〉가 침공했을 때, 여기 사람들은 전부 대피했거든."

정적이 감도는 로비에서, 딱딱한 발소리가 울려 퍼졌다.

(이곳에서는 망령의 기운이 없군.)

크리스타리아 기사단의 망령들이 한 말에 따르면, 〈센트럴 가든〉에 있던 망자의 혼 대다수는 그 인간형 〈보이드〉로 변질되었다고 한다.

"레오, 저택 안을 둘러볼게. 같이 갈래?"

"아뇨, 저는 밖에서 대기할게요. 일행이 올지도 모르니까요."

그렇게 눈치가 없진 않다. 리세리아는 혼자 있고 싶으리라.

리세리아는 소형 단말의 라이트를 켜더니, 계단을 올라갔다.

◆

경첩에서 삐걱 소리가 나고, 서재의 문이 열렸다.

리세리아는 작게 숨을 들이마신 후, 조용히 안으로 들어갔다.

그렇게 넓은 서재는 아니었다. 벽 양옆에는 큰 선반이 있고, 고대의 유적에서 발굴된 마도구와 고문서가 꼼꼼하게 정리되어 있었다.

마치, 시간이 멈춘 듯한 공간이다.

어릴 적에는 자주 이곳에서 책을 읽었다.

지금 생각해 보면, 리세리아가 고대 유적에 흥미를 느낀 것은 아버지의 영향 때문이다.

(유적에서 레오를 보호한 것도 그 덕분일 거야.)

리세리아는 바닥에 얇게 쌓인 먼지를 밟으며 안을 돌아다녔다.

방 안쪽에는 커다란 집무용 책상과 의자가 있었다.

주의 깊게 살펴봤지만, 에드와르도 공작의 망령은 없었다.

아버지의 혼은 이 폐허도시의 어딘가를 방황하고 있을까. 아니면——.

불길한 생각을 떨쳐버리려는 듯이, 리세리아는 고개를 저었다.

——바로 그때, 집무용 책상 위에 놓인 책 한 권이 눈에 들어왔다.

타이틀이 없고, 표지가 가죽인 책이다.

"……고대어로 된 책?"

리세리아는 그 책을 손에 쥐고 먼지를 턴 후, 별생각 없이 페이지를 넘겨 보았다.

(처음 보는 언어야…….)

리세리아는 〈성검학원〉의 교육 과정에서 유적 조사를 전공하고 있다.

고대의 언어에 관해서는 학생들 중에서 꽤 해박한 편이다. 하지만 이 책에 적힌 언어는 그 어떤 언어체계와도 다른 것 같았다.

마치 이세계의 언어 같았다.

(아버님이 마지막으로 연구하던 책…….)

흥미가 생긴 리세리아는 그 책을 손에 쥐었다.

(유품, 이네…….)

서재를 나선 그녀는 어릴 적에 쓰던 방으로 향했다.

그러자——.

"——누구인가 했더니, 참 어여쁜 아가씨가 다 왔군요."

"누구야?!"

갑자기 등 뒤에 나타난 기척에 리세리아는 뒤돌아보았다.

기묘한 차림을 한 젊은 남성이 그 자리에 서 있었다.

고풍스러운 흰색 로브를 걸친, 스무 살 정도로 보이는 잘생긴 남성이다. 온화한 미소를 머금고 있지만, 그것이 오히려 섬뜩하게 느껴졌다.

본능적인 위험을 감지한 리세리아는 재빨리 뒤로 몸을 날렸다.

"〈성검〉── 액티베이트!"

리세리아의 오른손에 〈블러디 소드〉가 나타났다.

청년은 그 모습을 흥미로운 듯 응시하며…….

"역시 〈성검사〉였군요. 가능한 한 은밀하게 일을 진행하고 싶었습니다만, 벌써 들키고 말았나요. 이 시대 인류의 기술도 얕볼 수가 없겠군요──."

"다, 당신은 대체…… 어째서, 인간이 여기 있는 거야?"

"인간……? 아, 혹시 저 말입니까?"

그 청년은 섬뜩한 웃음을 흘렸다.

"이런 모욕을 당한 건, 처음이군요."

"……?!"

"저는 주인님처럼 관대하지 않습니다. 그 죄, 만 번 죽어 마땅하군요."

남자가 내민 손바닥에서, 홍련의 불꽃이 생겨났다.

"──〈파르가〉!"

◆

공작가 저택의 안뜰로 나온 레오니스는 현관 앞의 바위에 걸터앉아서 드래곤의 뼈를 닦았다.

뼈를 닦는 것은 레오니스의 취미다.

깨끗하게 닦인 뼈로 스켈레톤을 만들면, 그만큼 돋보였다.

애초에 〈언데드 킹〉이 사역하는 스켈레톤이다.

(사령술사나 리치 따위가 쓰는 뼈와 똑같이 여겨져선, 내 명성에 흠집이 생기거든.)

셜리는 '마왕님, 그 취미는 좀 그렇지 않나요.' 같은 쓴소리를 했지만, 레오니스는 이 취미를 관두지 않았다.

게다가 이 시대에는 뼈를 쉽게 조달할 수 없다. 특히 거대한 드래곤의 뼈가 이 세상에 존재할지도 의문이다.

(〈그림자 왕국〉에 수만의 군세가 잠들어 있다고는 해도, 최대한 아껴야겠지…….)

『……년…… 들리나요, 소년——.』

옆에 뒀던 〈아이 오브 더 위치〉가 빛나더니, 목소리가 흘러나왔다.

"레기나 씨?"

뼈를 닦는 걸 멈춘 레오니스가 그 말에 답했다.

『——아, 연락이 됐네요. 지금 어디예요?』

"크리스타리아 공작가 저택에 도착했어요."

『어어, 너무 빠른 거 아니에요?』

"지하 철도망이 〈센트럴 가든〉과 연결되어 있어서요."

『그야 그렇겠지만, 지하의 〈리니어 레일〉은 작동하지 않을 텐데요?』

레기나는 의아하다는 투로 그렇게 말했다.

"다행히 작동되지 뭐예요. 그것보다, 레기나 씨네는 어디죠?"

설명이 귀찮았기에, 레오니스는 질문에 질문으로 답했다.

「지금 연결 다리로 가는 중이에요.」

"──아하."

지상은 길이 끊겼으니, 수십 분은 더 걸릴 것이다.

"그럼 우리는 여기서 대기하고 있을게요."

『부탁할게요. 그런데, 아가씨는 어디 있죠?』

"공작가 저택 안에 있어요. 혼자만의 시간을 방해하고 싶지 않아서요."

『소년은 어른이군요.』

레기나가 미소를 짓는 듯한 느낌이 들었다.

『아, 소년은 제 방이 보고 싶지 않나요? 도착하면 보여줄게요.』

"아, 괜찮은데──."

『으~. 소, 소년은 여자애 방에 전혀 흥미가 없나요?』

"으음──."

레오니스가 말을 멈춘 바로 그 순간이었다.

쿠오오오오오오오오오!!

굉음이 들리더니, 저택 2층의 창문이 전부 파괴됐다.

◆

폭음이 울려 퍼졌다.

홍련의 불길이 순식간에 복도를 삼키더니, 모든 것을 재로 만들었다.

"거인마저 해치우는 〈제3계위〉의 마술을 인간 상대로 쓰는 건 좀 과했으려나요."

미소를 머금은 청년, 네파케스의 신관복에는 그을음조차 묻지 않았다.

"어디 보자. 부르지도 않은 벌레들은 이제 몇 마리나 남았으려나——."

자욱한 연기를 손으로 슬쩍 부채질하고, 걸음을 내디디고——.

"……응?"

문득 걸음을 멈추더니, 뭔가 이상하다는 듯이 미간을 찌푸렸다.

휘날리는 불똥 너머에——.

로브 차림의 해골이 모습을 드러냈다.

"아, 니……?"

"흠, 늙은이 몸에는 꽤 버겁구먼."

해골이 내민 지팡이 끝에는 푸른빛을 내는 마력 장벽이 떡하니 자리를 잡고 있다.

〈마력벽—— 고위 마술사만이 쓸 수 있는, 제4계위 방어 마술이다.

"〈스켈레톤〉……이라고?"

"끌끌끌. 스켈레톤 따위와 같이 취급하면 곤란하지, 젊은이."

로브 차림의 해골이 불길한 웃음을 흘렸다.

"본좌는 최고위 언데드—— 〈엘더 리치〉라네."

"뭐……?!"

로브 차림의 해골이 지팡이를 휘둘렀다.

지팡이에서 수십 개의 마력 화살이 발사됐다.

"마, 말도 안 돼! 고위 언데드라고?"

네파케스는 즉시 방어 주문을 영창해서 마력 화살을 튕겨냈다.

"어째서, 언데드 따위가——."

"흥. 우리 주인의 목숨을 노리다니, 참으로 괘씸한 녀석이로고
——."

이번에는 검을 쥔 스켈레톤이 그림자에서 모습을 드러냈다.

"대체 어떤 놈이 보낸 건지……."

그 뒤편에서는 철구를 쥔 덩치 큰 스켈레톤이 나타났다.

"으……?!"

"소생은 빙옥의 검사 아미라스."

"이 몸은 지옥의 투사 도르오그."

"본좌는 명계의 법술사 네피스갈."

스켈레톤 셋이 앞으로 나서더니……

"""——우리는, 영광의 로그너스 삼용사!"""

포즈를 취하며, 일제히 그렇게 외쳤다.

"뭐, 뭐야? 이 언데드들은 대체……."

네파케스의 눈에 당혹감이 어렸다.

어처구니없는 녀석들이지만, 평범한 언데드가 아닌 것은 기운
만으로도 알 수 있었다.

하나하나가 영웅급에 속하는, 역전의 전사라는 것을 직감했다.

바로 그때——.

세 스켈레톤의 뒤편에서 몸을 일으키는 자가 있었다.

소용돌이치는 불꽃 속에서, 백은색 머리카락이 격렬하게 휘날
리고 있었다.

아까 주문을 맞고 소멸했을 거라 여긴 〈성검사〉 소녀였다.

"고마워. 덕분에 살았어."

"아닙니다. 당신은 주군의 소중한 분이니까요."

법술사 네피스갈은 끌끌끌 하고 웃었다.

"그나저나 주인이여. 이 불한당은 면식이 있는 자이오?"

"모르겠어……."

리세리아는 네파케스를 보며 고개를 저었다.

"흠. 하지만 상당한 실력자로 보이는군요. 주인은 물러나 계십시오."

스켈레톤 검사 아미라스가 그렇게 말했다.

"──놓칠 것 같습니까."

네파케스가 맑은 목소리로 그렇게 말했다.

"단순한 쓰레기인가 했더니, 이런 고위 언데드를 거느리고 있을 줄이야. 흥미로운 인간이군요. 당신, 정체가 뭐죠?"

갑자기, 기운이 바뀌었다.

네파케스가 손가락을 뻗으며 주문을 읊조렸다.

이 공간의 공기가 떨리기 시작했다.

"인간 마술사는 절대 도달할 수 없는, 〈제6계위 마술〉입니다. 이것도 막을 수 있을까요?"

네파케스의 고운 입술이 잔혹하게 일그러졌다.

"공주님, 이 몸의 뒤편으로 피하십시오──!"

투사 도르오그가 그렇게 외치면서 앞으로 나서려던 순간──.

"──세리아 씨!"

"……윽!"

소년의 고함 소리가 들려오더니──.

두오오오오오오오오오오!!

리세리아의 등 뒤에서 날아온 화염 마술이, 네파케스를 삼켰다.

"레오……?"

리세리아는 뒤를 돌아보았다.

그곳에는 〈봉죄의 마장〉을 손에 쥔 레오니스가 있었다.

◆

"레, 레오……."

리세리아는 아이스블루 빛깔의 눈을 치켜뜨며 깜짝 놀랐다.

통로 뒤편에서 나타난 레오니스는──.

"무사, 했군요……."

그렇게 안도의 한숨을 내쉬었다.

호위를 맡긴 〈로그너스 삼용사〉가 지켜준 것 같았다.

"무슨 일이 벌어진 거죠? 아까 그 녀석은 대체──."

"모르겠어……."

리세리아는 고개를 저었다.

레오니스는 불꽃이 일렁이는 통로 안쪽을 쳐다보았다.

아까 펼친 것은 제3계위 폭렬 마술이다. 평범한 인간이 그걸 맞는다면 재도 남지 못할 것이다.

(실수했군. 힘을 조절하는 걸 깜빡했어.)

레오니스는 자신의 실수를 깨닫고 속으로 혀를 찼다.

이 권속 소녀와 관련된 일에서는 냉정함을 잃는 경향이 있다.

바로 그때――.

"크, 크크크, 큭⋯⋯."

"⋯⋯?!"

불꽃 속에서 웃음소리가 들려왔다.

"동료가 더 있었습니까. 방금 공격은 위력이 상당했어요."

일렁이는 불꽃 속에서 누군가가 몸을 일으켰다.

모습을 드러낸 신관복 청년은 온화한 미소를 머금으며 어깨의 그을음을 털어냈다.

그 남자의 얼굴을 본, 순간――.

(――어?!)

레오니스는 무심코 눈을 치켜떴다.

(⋯⋯어, 어떻게 된 거지? 그 녀석이 왜 여기 있냐?!)

하지만 상대는 레오니스의 반응에 별다른 흥미를 보이지 않았다.

"하하, 놀랐습니까? 하긴, 평범한 인간이라면 방금 공격에 재가 됐을 테니까요."

그는 그런 엉뚱한 소리를 늘어놓은 후, 한쪽 손을 들어 올렸다.

"유감이지만, 그 정도 공격으로는 저를 죽일 수 없습니다."

주문을 영창하자, 손가락 끝에 격렬한 불꽃이 생겨났다.

(큭, 마술―― 역시, 이 녀석은――.)

레오니스가 멈추라는 말을 입에 담으려던 바로 그때였다.

두웅──!

바닥이 위아래로 격렬하게 흔들렸다.

"뭐지?" "뭐야?!"

레오니스와 리세리아가 동시에 고함을 질렀다.

고오오오오오오오오오오오오오오오오오오……!

흔들림은 더욱 격렬해지더니, 저택 자체를 뒤흔드는 듯한 격렬한 진동이 됐다.

레오니스는 무심코 휘청거렸다.

"음, 이게 대체!" "처, 천재지변입니까!" "주군을 지켜라!"

스켈레톤 전사들도 당황한 기색이 역력한 목소리로 그렇게 외쳤다.

(……지진? 말도 안 돼. 여기는 〈해상이동도시^{메 가 플 로 트}〉라고.)

그렇다면, 저 녀석이 무슨 짓을 한 건가──?

벽을 짚으며 고개를 들었다. 그러자──.

"크, 크크큭…… 크크…… 하, 하하하하, 하하하하핫!"

그 남자는 웃고 있었다.

양손을 펼치며, 환희에 찬 표정으로 하늘을 우러러보고 있었다.

"……뭐가 그렇게 웃기지?"

레오니스가 미심쩍은 투로 묻자──.

그 남자는 웃음을 뚝 멈췄다.

"그녀가 깨어났으니까요. 기뻐하는 게 당연하지 않습니까."

"그녀……?"

"예. 위대한 〈여신〉께서, 그릇인 〈성녀〉 안에서 깨어났습니다!"

청년은 환희에 찬 표정을 유지한 채, 하늘을 향해 두 손을 치켜들었다.

　"여신? 여신이라고⋯⋯?"

　레오니스는 캐묻기 위해 걸음을 내디뎠지만⋯⋯.

　──그 순간.

　쩌적── 하는 소리와 함께, 남자의 얼굴에 균열이 생겼다.

　쩌적── 쩌저적── 쩌적──!

　(뭐지⋯⋯?)

　남자의 온몸으로 퍼져 나가는 그 균열은, 마치──.

　"흠, 때가 된 것 같군요. 뭐, 좋습니다."

　그는 온몸에 균열이 생겼는데도 태연한 어조로 말을 이었다.

　"〈여신〉의 재림을 직접 보지 못하는 게 아쉽습니다만, 어쩔 수 없죠. 이곳에서의 제 소임은 다했으니──."

　쩌적── 쩌저적── 쩌저저적──.

　온몸에 생겨난 무수한 균열을 통해, 그 남자의 육체는 허공에 빨려 들어갔다.

　"멈춰!" "기다려!"

　레오니스와 리세리아가 동시에 몸을 날렸지만──.

　"당신들은, 〈여신〉의 첫 제물이 되어 줘야겠습니다."

　그 모습은 허공에 삼켜지더니, 완전히 소멸했다.

　진동은 여전히 이어지고 있었다.

　그 남자가 사라진 공간 앞에서, 리세리아는 멍하니 서 있었다.

　"아까 그자는, 대체 뭐야⋯⋯? 그리고, 여신이라니──."

"저도 모르겠어요."

레오니스는 고개를 저었다. 하지만——.

(어떻게 된 거지……?)

가슴속에서는 무수한 의문이 소용돌이치고 있었다.

신관복을 입은 백발의 미남자.

그는, 레오니스가 아는 인물이었다.

(틀림없어. 그 녀석은——.)

네파케스 레이저드.

〈반역의 여신〉을 모시던 팔마왕 중 한 명—— 〈이계의 마신〉 아
즈라 일의 심복이다.

(〈팔마왕 회의〉에서 몇 번 본 적이 있어.)

전장에서는 전혀 모습을 보이지 않으며, 항상 그림자처럼 행동
하던 남자다.

(나를 알아보지는 못한 것 같던데…….)

어째서 〈마왕〉의 심복이 이 시대의, 이 장소에 있는 걸까——.

(게다가, 그 녀석은 분명 〈여신〉이라고——.)

레오니스가 생각에 바다에 빠져들고 있을 때…….

"레오, 저기를 봐——!"

리세리아가 창밖을 손가락으로 가리키며 고함을 질렀다.

〈센트럴 가든〉의 중심부에서, 거대한 무언가가 모습을 드러내
려 하고 있었다.

제8장 추락한 신의 찬가

Demon's Sword Master of Excalibur School

울부짖는 듯한 굉음이 거대한 인공 섬 전체에 울려 퍼졌다.

암운이 드리워진 폐허도시의 하늘에, 노랫소리가 퍼져 나갔다.

그 아름다운 노랫소리는, 고대의 〈신성교단〉에 전해져 내려오던 찬송가다.

〈제03전술도시〉─── 〈센트럴 가든〉 군사 특구 최하층.

대 보이드 결전 기동요새의 심장부라 할 수 있는 그 장소에───.

땅을 뒤흔들고, 몇 겹이나 되는 지하 격벽을 부수며, 그것은 천천히 떠올랐다.

수많은 케이블 다발이 덩달아 끌려 나왔다. 그리고 대 보이드 용병기가 아무렇게나 달려 있었다.

그 괴물의 끄트머리가 지상에 모습을 드러내는 것과 동시에 주위의 지면이 그대로 가라앉았고, 고층 빌딩들은 눈사태에 휘말린 것처럼 무너졌다.

"저건, 설마 〈보이드 로드〉……야?"

저택 밖으로 뛰어나온 리세리아가 우두커니 섰다.

공중에 떠서 지상을 내려다보고 있는, 도시 구조물로 이뤄진 거대 집합체.

그 길이는 언뜻 봐도 80미터 이상 될 것 같았다. 마치 태고의 대성당을 연상케 했다.

거대 구조물의 머리 부분에는 눈부신 빛을 뿜는 결정체가 박혀 있었다.

그리고, 그 결정체에 반쯤 녹아든 것처럼——.

새하얀 피부를 지닌 여성이 있다.

(〈성녀〉—— 티아레스 리자렉티아.)

레오니스는 마음속으로 숙적의 이름을 중얼거렸다.

그녀가 바로, 〈루미너스 파워즈〉의 축복을 받아 무한한 진화를 이룬 〈육영웅〉.

그 기적의 힘으로, 〈마력로〉와 융합한 모습이다.

(아니, 〈마력로〉가 아니라, 이 〈제03전술도시〉 자체와 융합한 건가——.)

〈제07전술도시〉에 나타난 〈대현자〉 아라키르 데그라지오스도, 도시 지하에 있는 〈마력로〉와 융합하려 했다. 도시와 유기적으로 융합한 저 모습이야말로, 아라키르가 바란 진정한 형태일지도 모른다.

"〈마력로〉와, 융합했어!"

"예. 그 망령들의 이야기는 진실이었던 것 같군요."

레오니스는 그 거대한 〈보이드 로드〉를 지그시 응시했다.

그 남자가 했던 말이, 머릿속에서 떠나지를 않았다.

(네파케스 레이저드…… 그 녀석은 분명 〈여신〉이라고 말했어.)

〈여신〉── 그 녀석은 저 〈보이드 로드〉를, 그렇게 부른 걸까.

그렇게 단순하게 생각하기에는, 위화감이 들었다.

(아니야……. 저건 〈성녀〉이지, 〈여신〉이 아니야.)

레오니스는 마음속으로 고개를 저었다.

무엇보다 〈육영웅〉의 〈성녀〉 티아레스는 〈마왕군〉의 숙적이다.

〈이계의 마신〉 아즈라 일의 심복이었던 그 남자가, 철천지원수인 〈육영웅〉을 〈여신〉이라고 부르는 건 있을 수 없는 일이다.

태고의 신 중에는 여신이 다수 존재했지만, 〈마왕군〉에서 〈여신〉이라 부를 존재는 단 하나, 그녀뿐이다.

〈루미너스 파워즈〉에 반기를 든 〈반역의 여신〉──.

──로제리아 이슈타리스.

(어떻게 된 거지? 왜 그 녀석은 저 괴물을 〈여신〉이라고──.)

〈보이드 로드〉의 노랫소리가, 회색 하늘에 울려 퍼졌다.

세상을 축복하는 듯한, 저주하는 듯한 성가(聖歌)…….

바로 그때, 새하얀 여성의 몸과 융합한 〈마력로〉가 격렬한 빛을 뿜었다.

"윽…… 뭘──."

리세리아가 입을 연 순간…….

〈마력로〉의 빛이, 한 줄기 섬광이 되어 하늘을 향해 발사됐다.

두오오오오오오오오오오오오!!

섬광은, 폐허도시를 뒤덮은 구름을 순식간에 날리고──.

이 해역 일대를, 쾌청한 푸른 하늘로 바꿨다.

대기의 진동이 레오니스 일행이 있는 곳까지 전해지더니, 모래

자갈이 격렬하게 흩날렸다.

구름 한 점 없는 하늘 아래…….

햇빛이 〈보이드 로드〉의 각성을 축복하듯, 폐허도시를 비추고 있었다.

"……맙, 소……사……."

리세리아는 아연실색한 표정으로 숨을 삼켰다.

저 섬광이 하늘이 아니라 지상을 향해 뿜어졌다면, 다수의 구역이 파괴되고 말았을 것이다.

"저런 게 〈제07전술도시〉에 도달한다면……."

〈성검학원〉에는 수많은 〈성검사〉가 속해 있다. 하지만 아무리 숫자가 많더라도, 저런 괴물에게 대항할 수 있을지——.

"……막아야 해."

리세리아는 주먹을 말아쥐며, 결연한 목소리로 말했다.

"기다려요. 죽으러 갈 작정이에요?"

리세리아가 충동적으로 뛰쳐 나가려고 하자, 레오니스는 그 손을 반사적으로 움켜잡았다.

"하지만…… 저걸 막지 않았다간, 또…… 또, 많은 사람이——."

리세리아는 6년 전에 일어났던 〈스탬피드〉를 떠올리고 있을 것이다.

그 과거가, 냉정한 판단력을 빼앗고 있다.

"——제가 갈게요."

레오니스가 말했다.

"레오?"

"세리아 씨는 여기서 레기나 씨네를 기다렸다가 합류하세요."

레오니스는 고개를 들더니, 〈마력로〉와 융합한 〈보이드 로드〉를 주시했다.

레오니스도 저것을 내버려 둘 수는 없다.

티아레스 리자렉티아는 〈마왕군〉의 원수이며, 〈대현자〉아라키르와 마찬가지로 레오니스의 〈왕국〉인 〈제07전술도시〉를 유린하려 하고 있다.

──게다가, 확인해야만 하는 것이 있다.

(그 녀석이 입에 담았던, 〈여신〉이란 말의 의미를…….)

레오니스는 리세리아의 등 뒤에 선 세 스켈레톤을 쳐다보았다.

"아미라스, 도르오그, 네피스갈. 여기서 호위하라."

"""──알겠습니다."""

스켈레톤 영웅들은 한목소리로 그렇게 답한 후, 리세리아의 그림자에 들어갔다.

"레오, 나도 같이 갈래!"

"위험해요. 포기하세요."

레오니스는 천천히 고개를 저었다.

확실히 리세리아는 경악스러울 정도로 빠르게 성장하고 있다.

머지않아 〈뱀파이어 퀸〉으로서 언데드 군대를 이끌게 될지도 모른다.

하지만 아직 미숙한 부분이 있다는 점은 부정할 수 없다.

"레오……."

리세리아는 몸을 숙이고 레오니스의 눈을 똑바로 응시했다.

반사적으로 가슴이 뛴 레오니스는——.

"——6년 전 그날, 나는 아무것도 하지 못했어."

그녀 목소리가 희미하게 떨리고 있다는 사실을 눈치챘다.

"아버님이, 크리스타리아의 기사들이, 죽음을 각오하고 〈보이드〉와 싸우고 있는 동안, 그저 셸터 안에서 떨면서 공상 속의 마왕에게 기도할 수밖에 없었어——."

리세리아는 입술을 깨물더니, 억눌린 목소리로 말했다.

"두 번 다시, 그런 일은 겪고 싶지 않아. 레오를 혼자 보내지는 않겠어."

그녀는 두 손으로 레오니스의 머리를 꼭 끌어안았다.

"세리아, 씨……."

어린애처럼 리세리아의 품에 안긴 레오니스는…….

(이거 참…….)

속으로 투덜거렸다.

리세리아는 이미 결의를 다졌다. 레오니스가 뭐라고 말한들 꿈쩍도 하지 않을 것이다.

(총명하지만, 고집스러운 부분도 있군. 뭐, 그건 미덕이라고도 할 수 있을까.)

레오니스는 쓴웃음을 지으며 그런 생각을 했다. 브라커스가 듣는다면 '매그너스 공은 권속을 너무 아낀다.'며 지적했을 것이다.

"알았어요. 저를 따라오세요."

"레오……!"

"이번만이에요."

레오니스는 탄식했다. 어차피 저 〈보이드 로드〉가 존재하는 한, 이 폐허도시의 어디도 안전하다 할 수 없다. 그렇다면 곁에 두고 지키는 편이 나을지도 모른다.

바로 그때, 하늘에 떠 있던 〈보이드 로드〉가 천천히 이동하기 시작했다.

"서두르자. 저택 뒤편에 2인승 〈비클〉이 있어."

◆

파손된 건물의 잔해로 뒤덮인 길을 질주하는 군용 비클의 짐칸에서——.

"저, 저게, 뭐죠?!"

트윈테일 스타일로 묶은 금발이 휘날리고 있는 레기나가, 비명에 가까운 목소리로 그렇게 외쳤다.

다리로 연결된, 중앙의 〈센트럴 가든〉.

그 상공에 나타난, 기괴한 거대 구조물을 손가락으로 가리키면서——.

"——〈보이드 로드〉야."

앞 좌석에서 핸들을 쥔 엘피네가 긴박한 표정을 지으며 말했다.

그 머리 위에서는 정보를 해석하는 〈보주〉가 가동되고 있었다.

"예?"

"〈제07전술도시〉를 습격했던 존재에 버금가는, 어쩌면 그 이상의——."

"〈보이드 로드〉구나."

칠흑 같은 눈빛을 머금은 사쿠야가 그렇게 중얼거렸다.

"그렇다면, 세리아 아가씨의 보고가——."

"응. 적중한 것 같네."

비클이 턱에 걸리자, 타이어가 크게 튀었다.

엘피네는 전방에 보이는 거대 구조물을 날카롭게 노려보았다.

"아무래도 조사할 경황이 아닌 것 같아. 빨리 학원으로 후퇴해서 이 사태를 보고해야만 해."

"하지만 〈센트럴 가든〉에는 세리아 아가씨와 소년이——."

"——알아."

엘피네는 핸들을 움켜쥐며 입술을 깨물었다.

안전을 생각한다면, 대 〈보이드〉용 교전 매뉴얼에 따라 후퇴해야 할 상황이다.

하지만 엘피네는 과거 조사 임무 중에 동료 두 명을 잃은 적이 있다. 그때, 성검 〈아이 오브 더 위치〉의 본래 힘도 잃었다.

(두 번 다시, 그런 일을 되풀이하지 않겠어——!)

엘피네는 액셀을 힘껏 밟았다.

어차피 저 괴물이 있어선, 〈전술항공기〉로 탈출하는 것도 불가능하다.

(……어, 어떻게 하지…….)

격렬하게 흔들리는 짐칸에서——.

아르레 키르레시오는 〈보이드 로드〉를 노려보았다.

"로제리아 이슈타리스. 설마 〈육영웅〉으로 전생하다니──."

◆

"레오, 꽉 잡아!"

"아, 알았어요!"

그렇게 대답한 레오니스는 리세리아의 허리에 두른 손에 힘을
줬다.

그리고 가냘픈 등에 이마를 댔다.

바람에 흩날리는 백은색 머리카락이 레오니스의 볼을 때린다.

2륜형 비클의 마도 모터가 울부짖으며, 지면의 잔해를 쳐냈다.

혀를 깨물지 않게 입을 다문 채, 레오니스는 등에 매달렸다.

격렬하게 휘몰아치는 바람 속에서, 눈을 희미하게 떠서 하늘을
올려다보았다.

〈성녀〉의 〈보이드 로드〉는 상공을 미끄러지듯 이동하고 있다.

"이대로는 따라잡을 수 없을 거야. 좀 위험하지만, 고가 도로로
올라가자!"

리세리아는 그렇게 외치더니, 아직 무너지지 않은 고가 도로에
진입했다.

레오니스는 떨어지지 않기 위해, 허리를 꼭 움켜잡았다.

(이, 이건, 어쩔 수 없는 일이야.)

여자 몸의 부드러운 감촉 때문에 얼굴을 붉힌 그는 마음속으로
그런 변명을 늘어놓았다.

바로 그때――.

――쩌적―― 쩌저적, 쩍――!

"……?!"

허공에, 무수한 균열이 생겨났다.

"――〈보이드〉?! 레오, 조심해!"

쩌적, 쩌저적, 쩌적, 쩌저저적――.

폭발적으로 늘어난 균열이 고가 도로를 뒤덮었다.

그 균열에서 모습을 드러낸 건――.

폐허 옥상에서 봤던 것과 마찬가지로, 아직 인간의 형태가 남아 있는 〈보이드〉 무리였다.

"크리스타리아 기사단의, 망령……."

웅웅 소리를 내는 바람 속에서, 레오니스는 리세리아의 애절한 목소리를 들었다.

〈성녀〉의 권능으로 다시 살아난 이 〈보이드〉 군세는, 6년 전에 〈제03전술도시〉를 지키기 위해 끝까지 싸운 명예로운 기사들의 말로다.

"……이, 익……!"

리세리아의 백은색 머리카락이, 마력을 머금으면서 격렬한 빛을 뿜었다.

그것은 기사들의 혼을 더럽힌 〈보이드 로드〉를 향한 분노였다.

그리고 6년 전, 모든 것을 앗아갔던 불합리한 운명에 대한 분노이기도 했다.

균열에서 모습을 드러낸 〈보이드〉 무리가 비클을 막아섰다.

"마의 어둠에서 번뜩이는 검은 번개여, 방황하는 혼을 깨부숴라
―― 〈암흑극뢰진(暗黑極雷陣)〉!"

레오니스는 리세리아의 허리를 한 손으로 잡은 상태로 제6계위 섬멸 마술을 펼쳤다.

뿜어져 나간 칠흑빛 번개가 〈보이드〉 무리를 단숨에 증발시켰다.

"세리아 씨. 죄송하지만, 저 〈보이드〉들은 이미――."

"응…… 알아."

감정을 꾹 참은 듯한 목소리.

"부탁이야. 하다못해, 사로잡힌 영혼들을 해방해 줘."

"――예."

레오니스는 고개를 끄덕인 후, 다시 주문을 영창했다.

어중간하게 해치우기만 해선, 저 혼들은 또 폐허도시를 방황하게 될 것이다.

그러니 제5계위 이상의 고위 마술로, 혼의 파편조차 남지 않도록 소멸시켰다.

"내 손에 나타나라, 불꽃을 삼키는 진정한 화염이여―― 〈아르그 베르제르가〉!"

제8계위 화염 주문이 이 세상에 나타나려 하는 〈보이드〉 무리를 허공의 균열과 함께 불태웠다.

파괴음이 울려 퍼지는 고가 도로를, 2륜 비클이 바람을 가르듯 직선으로 나아갔다.

――바로 그때, 레오니스는 문득 눈치챘다.

폐허도시에 울려 퍼지는 〈신성교단〉의 찬송가가 잦아들었다는 것을…….

(……뭐지?)

불길한 예감이 든 레오니스는 급히 〈보이드 로드〉를 쳐다보았다.

성가 대신 들려온 것은, 주문을 영창하는 듯한 목소리였다.

그리고——.

〈성녀〉의 머리 위에, 하늘을 뒤덮을 듯한 마술방진이 출현했다.

(……큭, 저건——!)

다음 순간. 무수한 마술방진에서 나타난 불타오르는 운석이 빗발처럼 쏟아져 내렸다.

◆

두웅, 두두두두두두둥, 두웅, 두두두두두두둥!

하늘에서 쏟아지는 불의 비가 폐허도시의 하늘을 뒤덮었다.

폭음이 대기를 뒤흔들고, 〈센트럴 가든〉에 무수한 불기둥이 솟구쳤다.

세상의 종말을 연상케 하는 그 광경 앞에서——.

"아, 니…… 무슨 일이, 일어난 거야?"

엘피네는 아연실색한 목소리로 중얼거렸다.

"저건, 제11계위의 광역 섬멸 마술 〈천성(天星)의 신벌〉—— 괴물 같은 녀석……."

아르레 키르레시오가 불쾌한 투로 혼잣말을 중얼거렸다.

"윽…… 세리아 아가씨! 소년! 제 말 들리나요?!"

레기나는 몇 번이나 통신을 시도했지만, 두 사람은 대답하지 않았다.

저 폭발에 휘말려 〈보주〉가 날아간 것일지도 모른다.

건물 파편으로 뒤덮인 길에서 벗어난 비클은 〈센트럴 가든〉으로 이어지는 다리를 내달렸다.

불기둥은 사라졌지만, 자욱한 먼지가 시야를 가리고 있었다.

바로 그때였다.

"피네 선배, 조심해——."

사쿠야가 그렇게 말하면서, 손아귀에 〈성검〉——〈라이키리마루〉를 현현시켰다.

"뭐?"

쩌적—— 하는 소리와 함께 허공에 커다란 균열이 생겨났다.

한순간, 엘피네는 창문이 깨졌다고 생각했다.

하지만 곧 눈치챘다. 저것은 허무가 이 세상을 침식하는 현상이란 것을…….

다음 순간. 그 균열 너머에서 무수한 회색 팔이 뻗어 나왔다.

"……?!"

반사적으로 브레이크를 밟을 뻔했지만, 생각을 바꿨다.

이 상황에서 멈췄다간, 전원이 〈보이드〉에게 당하고 만다.

"다들, 꽉 잡아!"

액셀을 힘껏 밟아서, 비클을 더욱 가속시켰다.

눈앞에 있는 〈보이드〉를 비클로 쳐서 날려버린 후, 연결 다리를 단숨에 내달렸다.

하지만, 비클의 진로 위에 나타나는 균열의 숫자는 가속도적으로 늘어나기 시작했다.

"큭…… 이건 〈스탬피드〉의 징후예요……!"

레기나가 성검 〈용격조총(龍擊爪銃)〉으로 달려드는 〈보이드〉를 해치웠다.

"선배, 하늘에서도 다가와!"

사쿠야는 머리 위편의 균열에서 뛰어내리듯 다가온 〈보이드〉를 차례차례 베어 넘겼다.

이런 아수라장 속에서——.

아르레 키르레시오는 검을 손에 쥔 채, 하늘 저편에 있는 〈보이드 로드〉를 노려보았다.

휘몰아치는 바람이, 그녀의 초록색 포니 테일을 희롱했다.

"위험하니까 앉으세요!"

레기나가 주의를 주듯 그렇게 말하자…….

"——저기, 부탁이 있어."

아르레는 〈센트럴 가든〉 쪽을 쳐다보며 그렇게 말했다.

◆

무참하게 무너진 고가 도로의 잔해. 주위 폐허는 산산이 부서졌고, 황무지가 된 지면에는 무수한 구덩이가 생겨났다.

"제11계위의 신성 마술――〈이오 네메시스〉인가. 상당한 위력인걸."

그 무시무시한 파괴의 중심에서――.

방어 마술 〈루아 메이레스〉를 전개한 레오니스가 불쾌한 투로 말했다.

시선을 돌리자, 근처에 박살이 난 2륜 비클의 잔해가 있었다.

소환된 무수한 소형 운석은 〈보이드〉와 함께 이 일대를 파괴한 것 같다.

이 파괴 마술은 레오니스 일행을 향해 발사된 것이 아니다.

저 〈성녀〉는 두 사람이 안중에도 없는 것 같았다.

"세리아 씨, 괜찮나요――."

"으…… 응…….."

뒤편에 있던 리세리아가 머리를 짚으며 신음을 흘렸다.

비클에서 내팽개쳐진 순간의 충격으로, 약간 정신이 몽롱해진 것 같았다.

레오니스가 〈루아 메이레스〉를 쓰는 것이 조금이라도 늦었다면, 아무리 〈뱀파이어 퀸〉일지라도 무사하지 못했을 것이다.

레오니스는 먼지로 뒤덮인 하늘을 쳐다보았다. 〈보이드 로드〉―― 티아레스 리자렉티아는 다시 이동을 시작한 것 같았다.

(――〈센트럴 가든〉에서 외부 구역으로 이동하려는 걸까.)

레오니스는 중력 제어 주문을 펼쳐서 날아올랐다.

그리고 지면에 비스듬히 꽂힌 고가 도로의 잔해 위에 올라섰다.

"――놓칠까 보냐."

자신만만한 웃음을 흘리더니, 〈봉죄의 마장〉을 양손으로 쥐고 대마술을 영창했다.

"재는 재로, 먼지는 먼지로, 파멸의 운명에 따르라——〈아르잠〉."

지팡이 끝에서 빛의 마술방진이 발생하더니——.

단일 개체를 상대로 최강급 파괴력을 발휘하는, 제10계위 마술이 작렬했다.

두오오오오오오오오오오오오오오오오오오!!

폭렬구가 부풀어 올랐다.

굉음이 지면을 뒤흔들며, 대상을 티끌도 안 남게 소멸시킨다.

하급 신이라면 그 근원 존재조차 멸하는 대마술이다.

불똥이 사방으로 흩날리고, 휘몰아치는 열풍이 레오니스의 볼을 스쳤다.

하지만——.

〈보이드 로드〉의 거대한 그림자는 불길 속에 여전히 존재했다.

몸을 감싸고 있던 대 〈보이드〉용 병기의 장갑은 무참하게 녹아내렸지만, 그 내부에서 꿈틀거리는 새하얀 촉수 같은 살점은 희미한 마력광을 뿜으며 점점 재생되고 있었다.

(티아레스 리자렉티아가 지닌 치유의 힘인가.)

저 괴물은 제10계위의 파괴 마술도 개의치 않는 것 같았다.

귀에 거슬리는 찬송가를 연주하며, 다시 천천히 이동하기 시작했다.

(〈대현자〉에게는 이성이 다소 남은 것 같았지만——.)

아라키르 데그라지오스는 썩어도 현자였다는 뜻인가.

허무에 침식된 〈성녀〉에게는, 약간의 이성도 남지 않은 것 같았다.

(──역시, 지나친 생각이었던 건가.)

레오니스는 확신을 가지며 안도했다.

저 〈보이드 로드〉에게 〈여신〉 로제리아 이슈타리스의 전생체가 깃들었을 가능성을 조금이라도 의심한 것 자체가 어리석은 짓이었다.

저렇게 지성이 없는 괴물에게, 고결한 그녀의 혼이 전생할 리가 없다.

(그렇다면, 그 녀석이 언급한 〈여신〉이란 대체 뭐지?)

뭐, 어쨌든 간에──.

〈보이드 로드〉의 각성에, 그 녀석이 관여한 것은 틀림없을 것이다.

(뭐, 좋다. 그 녀석은 언젠가 내 앞으로 끌어내기로 하고, 지금은 ──.)

레오니스는 〈봉죄의 마장〉의 자루를 움켜쥐었다.

"〈육영웅〉의 〈성녀〉── 티아레스 리자렉티아. 허무에 빠지고만, 인류의 가련한 영웅이여. 이 내가, 이번에야말로 네놈에게 영원한 멸망을 안겨 주마."

그대로 자루 부분을 회전시키면서, 용의 보주가 박힌 끝부분을 벗겼다. 그리고──.

지팡이에 봉인된 〈마검〉을 뽑아 들었다.

<ruby>그 대 는　하늘에 반역하고자 태어난　세 계 를 멸 하 는 검</ruby>
──그대는, 하늘에서 내려받은, 세계를 구하는 검.
<ruby>여 신 에 게 축 복 받 은　마 검</ruby>
──신들에게 축복받은, 성검.

〈성녀〉 티아레스 리자렉티아는 부활의 권능을 지닌 〈육영웅〉이다.

〈언데드 킹〉 시절이라면 몰라도, 열 살 소년이 되어버린 지금의 레오니스가 펼치는 마술로 완전히 멸하는 건 어렵다.

그렇다면, 이 〈마검〉을 뽑을 수밖에 없다.

〈여신〉 로제리아에게 내려받은, 신들을 멸하는 검을…….

〈마검〉의 봉인을 푸는 조건, 레오니스 자신의 〈왕국〉을 지킨다
──는 충족됐다.

지팡이 안에 봉인된 〈마검〉의 칼날이, 흉흉한 빛을 뿜었다.

〈마검〉이 방출하는, 그 무시무시한 힘에 반응한 것인지──.

이제까지 레오니스의 존재를 인식하지 않던 〈성녀〉의 〈보이드 로드〉가, 천천히 그를 돌아보았다.

(이제야 눈치챈 건가. 하지만, 이미 늦었다──.)

레오니스는 넘쳐흐르는 어둠의 빛을 제어하며, 〈마검〉을 뽑아 들었다.

어둠에 빠져 타락한, 그 이름은── 마검 〈다인슬레이프〉.

손에 쥔 〈마검〉을, 레오니스는 양손으로 쥐었다.

“──소멸하라, 〈육영웅〉!”

마력을 담아 휘두르려던, 바로 그 순간…….

(……아, 아니?!)

지이이이이이이이이이이이이이잉──!

마검 〈다인슬레이프〉가 울부짖는 듯한 소리를 냈다.

(……〈다인슬레이프〉가 공명하고 있어?!)

레오니스는 동요했다.

아라키르 데그라지오스와 대치했을 때와는 전혀 다른 반응이다.

(……아니, 설마…… 아니, 그럴 리가──!)

그 한순간의 동요 탓에, 〈마검〉의 제어에 실패했다.

──바로 그 찰나. 〈보이드 로드〉의 〈마력로〉가 눈부신 섬광을 뿜었다.

(아차──.)

시야를 가득 채우는 새하얀 빛의 칼날이, 레오니스의 몸을 꿰뚫었다.

제9장 마검의 사명

Demon's Sword Master of Excalibur School

"……오…… 레오……!"

필사적인 외침이 들렸다.

"윽…… 크윽…….."

지면에 쓰러진 채 눈을 떠 보니, 리세리아의 얼굴이 눈앞에 있었다.

찬란히 빛나는 백은색 머리카락, 눈물에 젖은 아이스블루 빛깔 눈이 보였다.

(아아, 내 권속은 아름다운걸.)

레오니스는 그런 뚱딴지같은 생각을 했다.

"크윽…… 아앗……!"

몸을 비틀자, 옆구리에서 타들어 가는 듯한 극심한 통증이 느껴졌다.

〈보이드 로드〉가 날린 빛의 칼날을 완전히 피하지 못한 바람에, 지면에 내팽개쳐진 것 같았다.

그 공격에 도려내진 옆구리에서 흘러나온 선혈이 지면에 피로 웅덩이를 만들고 있었다.

(인간의 몸은 이렇게 연약한 건가……. 정말 꽝이군…….)

레오니스는 신음에 가까운 한숨을 토하며 그런 생각을 했다.

온몸에서 힘이 급속도로 빠져나가는 것을 느껴졌다.

〈언데드〉의 육체가 된 뒤로 한동안 잊고 있었던 감각이다.

"레오, 괜찮아?! 레오——."

레오니스는 리세리아의 목소리를 희미하게 느끼면서, 자신의 오른손을 보았다.

반쯤 의식이 끊긴 상태에서도 〈다인슬레이프〉를 놓치지 않았던 것 같았다.

당연했다. 이 검은 그녀에게 받은, 유품이기도 한 것이다.

〈마검〉의 칼날은 여전히 어둠의 빛을 뿜고 있었다.

(……〈여신〉이 창조한 검인, 〈다인슬레이프〉가 공명했어.)

——그것이 무엇을 의미할까?

저 〈보이드 로드〉에——.

(〈여신〉의 혼이 전생했다……?)

레오니스가 천 년 동안 봉인되어 있었던 것은, 전생할 인간의 그 릇이 각성하는 순간까지 지키기 위해서다.

(나는 그녀와 한 약속을 지키기 위해, 이 세상에서 되살아났다.)

그렇다. 약속했다.

——천 년 후의 세상에서도, 그녀를 찾아내겠다고 말이다.

하지만 그녀가 저 허무의 괴물로 전생했다면——.

(……나는…… 뭘, 위해…….)

〈보이드 로드〉가 천천히 다가오기 시작했다.

거리가 가까워질수록, 〈마검〉의 공명 또한 강해지는 것 같았다.

"도망, 치세요…… 세리아 씨……."

출혈로 의식이 몽롱해지는 가운데, 레오니스는 입을 열었다.

리세리아만은, 자신 탓에 권속이 된 자만은, 어떻게든 구해야만 한다.

"레기나 씨와 합류해서, 탈출……."

"레오!"

리세리아는 꾸짖듯 소리쳤다.

그리고 한쪽 무릎을 지면에 대더니, 축 늘어진 레오니스를 자신의 몸으로 감쌌다.

"뭘…… 하는──윽……."

레오니스의 목덜미에서 달콤한 통증이 느껴졌다.

리세리아가 송곳니를 꽂아 넣은 것이다.

"피라면, 아까 마셨잖아요……."

레오니스는 쓴웃음을 흘리며 그렇게 중얼거리다──.

아니다──라고, 생각했다.

리세리아는 피를 빠는 게 아니라──.

(나에게, 피를 나눠주려는…… 건가…….)

심장이 고동쳤다. 리세리아의 피가 자신의 몸속을 흐르는 게 느껴졌다.

권속 소녀의 갸륵한 행위에, 마음이 뜨거워지지만──.

(──나는…… 이미…….)

레오니스의 의식은 어둠 속으로 빠져들었다──…….

◆

"부탁……?"

엘피네는 액셀을 최대한 밟으면서 뒤를 돌아보았다.

아르레 키르레시오는 전방에 있는 〈센트럴 가든〉을 손가락으로 가리키며 말했다.

"이 부근에서 가장 높은 저 탑. 나를 저곳에 데려다줬으면 해."

그녀의 시선은 아직 형태가 무사히 남아있는 고층 빌딩을 향하고 있었다.

"저기에 가서, 뭘 할 거죠?"

레기나가 전방에 있는 〈보이드〉에게 사격을 하며 외쳤다.

"내가, 저 괴물을 해치우겠어."

레기나는 엘피네와 시선을 마주했다.

"해치우겠다니…… 저건 〈보이드〉의 통솔체예요."

"알아. 나는, 저걸 죽이기 위해 여기에 왔어——."

아르레는 레기나에게 검을 내밀어 보이며 딱 잘라 말했다.

"그럼, 그 검은——."

사쿠야가 비클의 짐칸에 올라오려 하는 하는 〈보이드〉를 베어 넘기며 말했다.

"응. 저걸 멸하기 위해 창조된 성검이야."

아르레의 대답을 들은 사쿠야가 고개를 끄덕였다.

"선배, 괜찮은 생각 아닐까?"

"사쿠야——."

"어차피 〈센트럴 가든〉에 가야 한다는 점에는 변함이 없는 데다, 세리아 선배와 소년을 찾을 거라면 지상보다는 높은 곳이 나을 거야."

"뭐, 그건 그러네요."

"알았어. 아르레, 네 〈성검〉의 힘을 믿을게."

"기대에 부응하겠어."

아르레는 검을 쥔 채 고개를 힘차게 끄덕였다.

"문제는 무사히 이 다리를 건널 수 있을까, 인데——."

늘어나는 〈보이드〉 무리는 소규모 〈스탬피드〉를 방불케 했다.

——쩌적—— 쩌저적, 쩌적——.

그 순간, 거대한 균열이 비클 앞에 생겨났다.

"뭐야……?!"

이제까지의 균열과는 차원이 다를 정도로 거대한 균열이었다.

그 균열에서 나타난 것은 눈부신 날개가 달린 거인상이었다.

"윽…… 큰일이야. 저 〈천사형〉은——."

아르레가 소리쳤다.

오오오오오오오오오오오오오오——!

거인은 포효를 터뜨리더니, 비클을 향해 바위 같은 주먹을 휘둘렀다.

엘피네는 핸들을 돌렸지만, 그 공격을 피하기에는 이미 늦었다.

그 〈보이드〉가 너무나도 거대했기 때문이다.

"……윽?!"

뭉개진다. 무심코 눈을 감은 그 순간…….

──휘잉!

검은 채찍이 그 거대한 팔을 휘감더니, 그대로 집어 던졌다.

촤아아아아아아아아아악!

거대한 〈보이드〉가 다리 아래의 바다에 빠지자, 거대한 물기둥이 솟구쳤다.

"바, 방금 그건 뭐죠?!"

"몰라. 하지만──."

지금이 바로 이곳을 돌파할 기회다. 〈아이 오브 더 위치〉의 능력으로 비클의 리미터를 해제한 엘피네는 액셀을 밟아서 비클을 한계 이상으로 가속시켰다.

──멀어져 가는 비클의 후방.

다리의 지지대 위에는 아담한 체구의 소녀가 서 있었다.

소녀가 손목을 가볍게 비틀자, 그림자 채찍이 그 안으로 쏙 들어갔다.

소녀는 황혼색 눈으로 비클을 배웅한 후, 바다를 보았다.

해수면이 부풀어 오르더니, 거대한 천사형 〈보이드〉가 떠올랐다.

"──조금은 노는 맛이 있을 듯한 장난감이군요."

소녀는 손가락 끝을 입술에 대며 슬쩍 미소를 지었다.

"마왕님의 충실한 메이드인 제가, 상대해드리죠."

〈그림자 왕국〉의 암살 메이드는 인사하듯 치맛자락을 공손히 들어 올렸다.

"……레오니스…… 저기, 레오니스──."

어둠 속에서, 목소리가 들렸다. 어리게 들리는 소녀의 목소리가.

그녀의 가느다란 손가락이, 소년의 머리카락을 상냥히 쓸어넘겼다.

──이것은, 언제 기억일까?

"약속해. 머나먼 미래에, 내가 다른 무언가가 되어버리면──."

그녀는 슬픈 미소를 머금었다.

"그 〈마검〉으로, 나를 죽여 줬으면 해."

"……무, 무슨 소리를 하는 거야! 그런 짓을 내가 어떻게 해!"

소년은 그녀의 손을 쳐내며, 필사적인 목소리로 외쳤다.

"내 부탁이라도 말이야?"

"당연하지! 어떻게…… 어떻게, 그런──."

눈가에 눈물이 가득 맺힌 채로 세차게 고개를 젓는 소년을, 그녀는 살며시 안아줬다.

"알았어. 미안해. 방금 내가 한 말은 잊어. 하지만──."

그녀는 소년의 귀에 속삭였다.

하지만 그때가 온다면──.

떠올려 줘. 내 소망, 네 사명을. 그리고──.

……그리고, 진짜 나를 찾아줘.

너에게 준 그 〈마검〉이, 분명 운명으로 인도해 줄 거야.

◆

(꿈이…… 아니야. 이건, 내 기억——.)

심장이 쿵 뛰고, 레오니스의 의식은 현실로 되돌아왔다.

그를 깨운 것은 천 년 전의 기억——.

쭉 잊고 있었던, 그녀와 나눈 약속이었다.

(왜, 그 기억을……?)

레오니스는 화들짝 놀라며 눈을 떴다.

"……오 ……레오……?!"

"세리아…… 씨……."

리세리아가 손으로 레오니스의 머리를 끌어안았다.

〈네크로조아〉의 영묘에서 막 깨어난 그를 끌어안았던 그때와
똑같다.

목덜미에 남은 아릿한 통증.

리세리아가 준 피와 함께 마력이 온몸을 순환하는 것을 느낀다.

(그랬군……. 그 기억은, 어쩌면…….)

리세리아는 몇 번이나, 레오니스의 피와 마력을 흡혈했다.

그 핏속에, 옛 기억의 잔재가 섞여 있었다고 해도 이상할 건 없
다.

그 피가 다시 몸에 들어오면서, 기억이 되살아났다—— 그런 일
이 가능할까.

레오니스는 반신반의하면서도, 다른 적절한 이유가 생각나지
않았다.

머나먼 옛날에 한, 〈여신〉 로제리아와의 약속── 그것을 잊고 있었다.

아니, 그녀가 레오니스의 기억을 봉인했던 것이다.

때가 되면 봉인이 풀리면서, 그 사명을 떠올리도록…….

만약 그녀가 전생에 실패해서, 그녀가 아니게 된다면──.

그녀가 내린 〈마검〉으로, 그녀를 죽여야 한다.

(그것이, 그녀가 나에게 내려준 사명…….)

레오니스는 공명하고 있는 〈다인슬레이프〉를 다시 쥐었다.

〈여신〉은, 자신의 고결한 혼이 〈보이드〉에게 침식될 가능성이 있다는 것을 알았을까.

혹은, 미래를 보는 권능으로 자신의 미래를 예견한 것일까.

(그것이 사명이라면── 나는, 뭘 위해서…….)

"레오……."

리세리아가 떨고 있는 레오니스의 등을 살며시 쓰다듬어 줬다.

"──약속, 했어요."

"그랬구나."

레오니스가 불쑥 내뱉듯이 말하자, 리세리아는 고개를 끄덕였다.

"……어떤, 약속이야?"

"반드시, 그녀를 찾아내겠다고──."

그날, 레오니스는 약속했다.

머나먼 미래에서도, 그녀를 반드시 찾아내겠다고…….

진짜 그녀를, 반드시──.

(……윽?!)

그 순간. 머리를 두들겨 맞은 듯한 충격을 받았다.

(……진짜, 그녀?)

레오니스는 눈을 치켜떴다.

봉인되어 있던 기억. 그 안에서——.

(……그래. 그녀는, 틀림없이 말했어.)

『……진짜 나를 찾아줘』라고 말이다.

레오니스는 공명하는 〈다인슬레이프〉의 칼날을 응시했다.

기억 속 그녀의 목소리가 떠올랐다.

『——너에게 준 그 〈마검〉이, 분명 운명으로 인도해 줄 거야.』

〈마검〉이 운명으로 인도해 준다.

그것이, 어떤 의미일까——.

(로제리아는 그녀 자신을 죽일 무기로서, 이 〈마검〉을 나에게 줬어.)

만약, 저 〈보이드 로드〉가 진짜로 〈여신〉의 전생체라면——.

그녀를 상대로, 이 검이 뽑힐 리가 없다.

당연했다. 그녀야말로 〈마검〉의 진정한 지배자인 것이다.

(그래. 그렇게 된, 건가…….)

이 〈마검〉의 공명은 추락한 가짜 신을 토벌하기 위한 증표.

로제리아 이슈타리스의 진정한 혼을 찾기 위한 길잡이다.

(그녀가 나에게 준 진정한 사명, 그것은——.)

레오니스는 한 손으로 리세리아의 팔을 움켜잡더니, 천천히 몸을 일으켰다.

"레오……?"

"이제, 괜찮아요. 세리아 씨——."

레오니스는 고개를 가로젓고, 다가오는 〈보이드 로드〉와 대치했다.

——〈여신〉의 혼이 깃든, 허무의 가짜 신과.

……으으으…… 으으, 으으으으으으으으……!

〈성녀〉의 노랫소리가, 인간의 형상을 한 〈보이드〉 군세를 불러냈다.

허공에 생겨난 균열에서, 회색 팔이 무수히 기어나왔다.

레오니스는 리세리아를 향해 돌아섰다.

"〈마검〉을 쓰는 동안, 저는 무방비해져요. 지켜주겠어요?"

"응. 나만 믿어, 레오."

리세리아는 미소를 머금으며 고개를 끄덕였다.

〈보이드〉에 포위당한 절망적인 상황에서도, 그 눈에는 두려움이 어려 있지 않았다.

(그래야 내 권속이지.)

레오니스는 자신만만한 웃음을 흘렸다.

하지만 혼자서 이 많은 〈보이드〉를 막아내는 건 불가능하다.

레오니스는 〈마검〉을 머리 위로 쳐들더니…….

"——충실한 〈망자의 왕국〉 군세여. 내 휘하에 집결하라!"

명령의 말을 힘차게 외쳤다.

그러자 발치의 그림자가 팽창하더니, 주위 일대의 지면을 검게 물들였다.

달그락, 달그락달그락달그락, 달그락달그락달그락달그락…….

그 그림자에서 기어나온 것은 수백 수천에 이르는 해골 병사 군단이다.

제8계위 대군(對軍) 마술―― 〈망자의 군세〉.

_{언데드 아미}

하지만 그 마술로 소환되는 건 하급 해골 병사다. 〈보이드〉 상대로는 무력하다 해도 과언이 아니다.

(이 해골 병사는 내 마력으로 조종하는 인형에 지나지 않아. 하지만――.)

텅 빈 그 그릇에 고결한 전사의 혼을 내린다면, 이야기는 달라진다.

〈언데드 킹〉인 레오니스는 느낄 수 있었다.

이 폐허도시에 사로잡혀 있는, 크리스타리아 기사들의 혼과 의지를…….

전사의 혼은 리세리아 크리스타리아와 함께 싸우는 것을 소망하고 있다.

(그렇다면, 〈마왕〉인 내가 그 소망을 이뤄주지!)

레오니스는 〈언데드 아미〉의 지배권을 해방했다.

그 순간, 해골 병사의 눈에 진홍색 빛이 어리더니, 그들이 달그락거리는 소리를 내며 웃기 시작했다.

이미 멸망한 고국을 위해 다시 검을 쥘 수 있는, 그 무한한 기쁨에 사로잡히며…….

"레오, 이건…….."

무수한 해골 병사에게 둘러싸인 리세리아가 당혹스러운 표정을 지었다.

평범한 소녀라면 그 자리에서 졸도할 법한 광경이다.

"크리스타리아 기사단의 혼을 빙의시켰어요. 세리아 씨가 지휘해 주세요."

"뭐? 내가?!"

"부탁이에요. 잠시만 〈보이드〉의 군대를 막아 주세요."

"아, 알았어!"

깜짝 놀란 것 같지만, 곧 진지한 표정으로 고개를 끄덕였다.

백은색 머리카락이 빛나더니, 아이스블루 빛깔 눈동자가 붉은색으로 물들었다.

샘솟아 나온 마력이 리세리아의 온몸을 감싸더니, 아름다운 진홍색 드레스가 그녀의 몸을 감쌌다.

〈블러디 소드〉를 쥔 그 모습은 〈뱀파이어 퀸〉이란 이름에 걸맞았다.

리세리아는 붉게 빛나는 〈성검〉을 들고, 용맹히 외쳤다.

"——용감한 크리스타리아의 기사여, 내 뒤를 따르라!"

기사들의 혼이 깃든 해골 병사들의 군대가 일제히 달그락거리는 소리를 냈다.

◆

〈보이드〉와 해골 병사가 뒤엉킨 전장에서, 붉은 꽃이 흐드러지게 피어났다.

"하아아아아아아아앗!"

〈진조의 드레스〉의 치맛자락을 휘날리며, 리세리아는 적들의 한복판으로 뛰어들었다.

〈성검〉의 칼날에서 흉흉한 빛이 뿜어져 나왔다.

리세리아가 검을 휘두르자, 뿜어져 나온 피가 무수한 칼날로 바뀌어서 날뛰었다.

이 인간형 〈보이드〉는 혼이 더럽혀진, 크리스타리아 전사들의 망령이다.

하지만 그 진실을 알면서도, 그 검은 무뎌지지 않았다.

〈성검〉의 칼날로, 허무에 사로잡힌 혼을 소멸시킨다.

그것이 유일한 구원이라 믿으며——.

어지러이 춤추는 핏빛 칼날과 해골 병사의 군대를 이끌며, 리세리아는 검을 휘둘렀다.

몸 속에서 힘이 해방되는 것이 느껴졌다. 레오니스가 준 〈진조의 드레스〉는 그녀의 마력을 탐욕적으로 먹어 치우며, 〈뱀파이어 퀸〉의 힘을 강제적으로 끌어올렸다.

(……윽, 생각했던 것보다 소모가 심해.)

전투가 길어지면, 마력이 바닥날지도 모른다.

눈앞의 〈보이드〉를 베어 넘긴 그녀는 레오니스 쪽을 돌아보았다.

레오니스는 폐허 위에 서서, 〈마검〉을 하늘 높이 치켜들었다.

그 머리 위에는 검게 빛나는 조그마한 달이 떠 있었다.

(……저 달은, 뭐야?)

리세리아는 의아하다는 듯이 미간을 찌푸렸다.

바로 그때, 전장에 쓰러져 있던 해골 병사에게서 눈부신 빛이 뿜어져 나오더니, 저 달에 빨려 들어갔다.

그 빛을 흡수할 때마다, 달은 조금씩 팽창됐다.

(저건, 크리스타리아 기사의 혼……?)

화들짝 놀란 바로 그때였다.

그ㅇㅇㅇㅇㅇㅇㅇㅇㅇㅇㅇ오!!

날카로운 손톱을 세운 〈보이드〉가 리세리아에게 달려들었다.

"……윽!"

"──주공!"

그 순간, 쇠사슬이 달린 가시 철구가 〈보이드〉의 머리를 분쇄했다.

철구를 던진 자는 육중한 갑주를 걸친 덩치 큰 스켈레톤이다.

"방심하면 안 됩니다, 공주님──."

〈로그너스 기사단〉의 투사 도르오그가 주인을 지키듯 나섰다.

"그렇지요. 〈뱀파이어 퀸〉의 힘은 강대하나, 그 힘을 과신하면 안 되옵니다."

"소생도 그렇게 생각합니다."

법술사 네피스갈, 검사 아미라스도 그녀의 옆에서 무기를 고쳐 들었다.

"고마워, 덕분에 살았어──."

리세리아는 진홍색 드레스를 휘날리며 다시 돌진했다.

마력을 머금은 피의 칼날이 휘몰아치면서, 〈보이드〉를 차례차례 해치웠다.

(──6년 전, 나는 아무것도 지키지 못했어.)

그저 공포에 떨며, 구원을 바랐을 뿐이다.

하지만, 지금의 그녀는 지키기 위한 힘이 있다.

별이 내려준 〈성검〉, 그리고 〈뱀파이어 퀸〉의 힘이──.

넘쳐흐르는 마력이, 붉은색 빛의 띠가 되어 허공에서 춤췄다.

그 빛에 이끌리듯, 〈보이드〉 무리가 그녀에게 몰려들었다.

"……큭, 하아아아아아아아아아아앗!"

리세리아가 억지로 포위를 돌파하려 한, 바로 그때였다.

두우, 두우두우, 두웃!

유성을 연상케 하는 여러 줄기의 섬광이, 눈앞에 있는 〈보이드〉
의 머리를 정확하게 꿰뚫었다.

"……?!"

리세리아는 화들짝 놀라며 뒤를 돌아보았다. 그러자──.

◆

폐허가 된 고층 빌딩의 옥상에, 네 사람이 서 있었다.

〈드래그 스트라이커〉를 쥔 레기나가, 멀리 있는 〈보이드〉를 정
밀 저격했다. 〈용뢰포〉를 쓰지 않는 이유는, 리세리아가 휘말리
는 것을 우려해서 그런 것이리라.

"왜, 왠지 복잡한 상황 같네요. 저 해골은 대체 뭐죠?"

"아무래도 레오의 〈성검〉의 힘, 같은데……."

엘피네가 관자놀이에 손을 대며 말했다.

그 주위에 떠 있는 세 개의 〈아이 오브 더 위치〉에는 빛의 문자열이 표시되고 있었다.

사격의 명수인 레기나도 이 거리에서 목표를 눈으로 보고 저격하는 건 무리다. 그래서 엘피네가 〈보주〉로 탄도를 계산해서 레기나의 사격을 지원하고 있었다.

"그쪽은 준비에 시간이 더 걸리는 거예요?"

"거의 다 됐어──."

굉음을 내며 소용돌이치는 바람이 아르레 키르레시오의 머리카락을 희롱했다.

〈디 아크 세븐스〉── 참마검 〈크로우작스〉를 양손으로 쥐며, 마력을 불어넣었다.

"──선배, 저 녀석들이 올라와."

사쿠야가 벽을 기어 올라온 〈보이드〉 무리를 〈라이키리마루〉로 베었다.

하지만 몰려오는 적의 숫자가 너무 많았다.

레기나도 리세리아의 지원을 멈추고 사쿠야를 엄호하기 시작했다. 보라색 번개를 머금은 사쿠야의 칼날이 몇 번이나 빛나면서, 〈보이드〉의 목을 차례차례 베어버렸다.

끔찍한 포효와, 칼이 휘둘리는 소리가 울려 퍼지는 가운데──.

아르레 키르레시오는 조용히 눈을 감았다.

참마검 〈크로우작스〉── 〈여신〉을 죽이기 위해 자신에게 주어진, 용사의 무기.

그 칼날에서 뿜어져 나온 강렬한 빛이, 주위를 새하얗게 물들였다——!

"윽…… 이런 〈성검〉이……?!"

그 강렬한 빛을 본 레기나는 무심코 자신의 눈을 가렸다.

"——〈반역의 여신〉 로제리아 이슈타리스, 너를 해치우겠어!"

아르레는 혼신의 마력을 담아, 참마검 〈크로우작스〉의 힘을 해방했다.

◆

무수한 〈보이드〉와 해골 병사가 격돌하고 있는, 전장의 중심에서——.

레오니스는, 상공에 있는 〈보이드 로드〉와 대치했다.

〈성녀〉 티아레스 리자렉티아—— 로제리아의 혼이 깃든 존재.

하지만, 그 혼은—— 그녀이지만, 그녀가 아니다.

〈마검〉을 손에 쥔 레오니스는 하늘을 올려다보았다.

환한 대낮에, 요사하게 빛나는 검은 달이 떠 있었다.

〈죽음의 영역〉 제7계위 마술—— 〈망자의 푸른 달〉.

방황하는 혼을 모아 마력으로 변환시키는 의식(儀式) 마술이다.

불길한 달은 크리스타리아 기사의 혼을 빨아들여서, 원래의 세 배 정도로 팽창했다.

"——망자여. 내 마력이 되어, 그 혼을 속박하는 사슬에서 해방되어라."

레오니스가 그렇게 말하자――.

마력의 달은 찬란한 빛의 입자가 되어, 〈마검〉의 칼날에 깃들었다.

――그대는, 하늘에서 내려받은, 세계를 구하는 검.

――신들에게 축복받은, 성검.

방대한 마력을 머금은 〈다인슬레이프〉의 칼날이 어둠의 빛을 뿜었다.

하지만, 그와 동시에――.

오오오오오오오오오오오오오오오오――!

〈보이드 로드〉의 머리 위편에 무수한 마술방진이 생겨났다.

〈센트럴 가든〉을 순식간에 황무지로 만든 광역 섬멸 마술――〈이오 네메시스〉

(큭, 이 타이밍에――?!)

레오니스는 현재 〈마검〉의 제어에 집중하고 있어서 완전히 무방비한 상태였다.

아까처럼 방어 마술을 영창해서 몸을 지킬 수 없다.

(――주문의 완성과 내 공격 중 뭐가 더 빠를까?)

하늘을 뒤덮은 마술방진 하나하나가 눈부시게 빛났다――!

그때.

머나먼 곳에서 뿜어진 한 줄기 섬광이, 〈보이드 로드〉의 〈마력로〉를 꿰뚫었다.

(뭐지?!)

레오니스는 무심코 눈을 확 떴다.

무시무시한 빛의 격류였다.

발동 직전이었던 주문이 취소되더니, 하늘에 생겨났던 마술방진이 소멸했다.

(방금 공격은 레기나의 〈드래그 블래스트〉…… 혹은 셜리인가〉)

아무튼, 절호의 기회다.

레오니스는 〈다인슬레이프〉에 의식을 집중했다.

〈보이드 로드〉의 포효가 울려 퍼졌다. 방금 공격은 위력이 엄청났지만, 그 정도로는 〈성녀〉를 해치울 수 없다.

"소멸하라, 〈육영웅〉 티아레스 리자렉티아. 가짜 신의 그릇이여——!"

혼신의 마력을 담고, 레오니스는 〈다인슬레이프〉를 휘둘렀다.

부오오오오오오옹——!

힘차게 터져 나가는 어둠의 빛이 머리의 〈마력로〉를 완전히 분쇄하고——.

거대한 〈보이드 로드〉는 성이 무너지듯 붕괴했다.

에필로그

Demon's Sword Master of Excalibur School

——제국표준시간 1400. 〈성검학원〉의 전술항공기 〈린드부름 Ⅲ〉은 이동을 정지한 〈제03전술도시〉를 이탈해서 귀환 루트로 접어들었다.

학원에 돌아가는 대로, 리세리아 일행은 상관에게 상세 내용을 보고해야 할 것이다.

〈보이드 로드〉의 소멸로 〈스탬피드〉 발생 가능성은 소멸했고, 방황하는 크리스타리아 기사들의 혼도 해방됐다. 레오니스로서는 강자의 혼을 놔주는 것이 아쉬웠지만, 고국을 위해 검을 바친 자들을 강제적으로 지배하는 취미는 없다.

그런 레오니스는 항공기 후방 좌석에서, 리세리아의 무릎을 베고 누워 있었다.

물론 레오니스가 부탁한 건 아니다. 〈다인슬레이프〉를 쓴 후에는 마력이 바닥나서 한동안 일어서지 못할 정도로 지치는 것이다.

(이, 이건 어쩔 수 없는 일이야…….)

속으로 그런 변명을 늘어놓는 레오니스의 머리 위에서는, 리세리아가 책을 읽고 있었다.

"아가씨, 무슨 책을 보는 거예요?"

"아버님의 서재에서 발견한 책이야. 유품 삼아서 가져왔어."

"흐음, 처음 보는 문자네요."

"그래. 정령의 언어도 아닌 것 같은데……."

레오니스는 리세리아와 레기나의 대화를 건성으로 듣고 있었다.

(그러고 보니, 리세리아의 아버지는 혼을 보지 못했는걸.)

레오니스는 〈마왕〉의 눈으로 방황하는 망령들을 영시(靈視)했지만, 리세리아의 아버지로 보이는 혼은 발견하지 못했다.

(이미 〈보이드〉에게 먹혔거나, 아니면…….)

갑자기 레기나가 레오니스의 머리에 손을 얹으며 말했다.

"아가씨, 피곤하실 테니 저와 교대하지 않겠어요?"

"아, 안 돼. 레오는 기분 좋게 자고 있잖아."

"으~ 아가씨만. 약았어요."

"으으……. 그, 그런 거 아니거든?!"

리세리아는 레오니스의 머리를 꼭 끌어안았다.

(으윽?!)

부드러운 가슴의 감촉이 속옷 너머로 느껴지자, 레오니스는 가슴이 뛰었다.

"선배들, 그렇게 소리를 내면 애가 깰 거야."

맞은편 좌석에 앉은 사쿠야가 입술에 검지를 대며 말했다.

쇼트팬츠 차림의 엘프 소녀가 그 무릎에 머리를 얹은 채 자고 있었다.

(성역의 용사, 아르레 키르레시오……인가.)

레오니스는 시선만 움직여서, 성검을 꼭 안은 채 잠들어 있는 소녀를 주시했다.

셜리의 보고에 따르면, 시가지에서 〈보이드〉와 싸우다 부상당한 그녀를 레기나 일행이 보호한 것 같았다.

레오니스가 아는 얼굴이다. 이 엘프의 용사는 〈육영웅〉의 〈검성〉 샤다르크의 제자다. 샤다르크는 레오니스가 용사라 불리던 시절의 검술 스승이니, 아르레는 그의 후배라고 할 수 있을 것이다.

——아까 〈보이드 로드〉를 공격한 자는 아무래도 그녀 같다.

레오니스가 〈마검〉으로 날린 일격은 그 섬광에 가려졌기 때문에, 레기나 일행은 그녀가 〈보이드 로드〉를 해치웠다고 여기는 것 같았다.

뭐, 그편이 여러모로 나을 것이다.

그건 그렇고, 왜 엘프의 용사가 이 시대에 있는 걸까——.

〈육영웅〉도 그렇고, 저택에서 봤던 그 남자도 그렇고, 그 모든 것이 우연이란 생각은 들지 않았다.

(망자들이 대체 무슨 짓을 꾸미고 있는 거지?)

레오니스는 리세리아의 가슴에 얼굴을 묻은 채 생각에 잠겼다.

신관 차림의 남자——〈마왕〉 아즈라 일의 심복, 네파케스 레이저드.

(그자는 로제리아가 〈성녀〉에게 전생한 것을 알고 있었어——.)

〈보이드〉로 변한 〈육영웅〉과 로제리아의 전생체.

이건 일에 그 남자가 관여한 것은 명백하다.

그 목적은 짐작조차 할 수 없지만——.

(만약 로제리아의 혼을, 어떤 식으로 이용하려는 거라면——.)

그 녀석은 무시무시한 대가를 치르게 될 것이다.

레오니스의 가슴속에서, 거무튀튀한 분노의 불꽃이 조용히 타올랐다.

"저, 저기, 레오……."

치마 너머로 머리에 닿은 리세리아의 허벅지가 꼼지락거렸다.

레오니스의 볼에 백은색 머리카락이 닿았다.

리세리아는 레오니스의 귓가로 입술을 가져가더니, 작은 목소리로 말했다.

레오니스가 깬 것을 눈치챈 듯했다.

"조금만…… 빨아도, 돼?"

귀여운 혀를 슬쩍 내밀고, 레오니스의 귓불을 살며시 깨문다.

"……?!"

레오니스는 놀라서 몸을 굳혔다.

"여, 여기선 안 돼요! 레기나 씨와 사쿠야 씨도 보고 있다고요!"

남들이 눈치채지 못하게, 작은 목소리로 대답한다.

"응. 그러니까, 몰래……."

"틀림없이 들킬 거예요!"

"안 될까?"

"안 돼요!"

"레오…… 못, 참겠어……."

이 권속은 갑자기 왜 이러는 걸까!

레오니스는 몸을 비틀어서 리세리아의 얼굴을 올려다보았다.

새하얀 볼은 희미하게 상기되었고, 눈동자는 촉촉하게 젖어 있다.

매끄러운 입술에서는 뜨거운 숨결이 흘러나왔다. 손가락은 약간 뜨겁다.

──바로 그때, 레오니스는 눈치챘다.

(나한테 피를, 나눠줘서…….)

그 탓에 강렬한 갈증을 느끼고 있는 것이다.

"아, 알았어요. 기숙사에 돌아가면, 얼마든지 드릴게요."

"지금은…… 안 돼?"

애타듯 입술을 깨무는 리세리아.

"지, 지금은 좀 참아주세요!"

"……으~, 응. 알았어."

리세리아는 군침을 삼키더니, 다른 이들에게 보이지 않도록 레오니스의 귓불을 원망스럽다는 듯이 살짝 깨물었다.

(쯧……. 이 정도는 봐줄까.)

무릎 위에서, 권속에게 물러터진 레오니스는 그냥 리세리아가 하고 싶은 대로 내버려 뒀다.

뭐, 이번에는 덕분에 과거의 기억을 되찾았다.

이 정도 상은 줘도 될 것이다.

레오니스는 귓불을 깨물리면서, 속으로 옛날에 했던 약속을 떠올렸다.

── '진짜 나를 찾아줘.' 라고 그녀는 말했다.

(〈육영웅〉의 〈성녀〉에게 깃든 것은, 로제리아의 혼이었어.)

그렇다면, 진짜 그녀란 뭘까——?

로제리아 이슈타리스의 혼은 전생 과정에서 분열되기라도 한 것일까.

그렇다면 그것은 그녀의 의지였을지——.

이 세상 어딘가에 태어났을, 〈여신〉의 전생체.

그것을 찾아내는 것이 〈마왕〉 레오니스 매그너스의 사명이다.

(——로제리아. 꼭, 너를 찾아내고 말겠어.)

졸린 듯한 의식 속에서, 레오니스는 조용히 주먹을 말아쥐었다.

〈4권에서 계속〉

마검사

성검학원의

Demon's Sword Master
of Excalibur School

번외편

흐레스벨그 여자 기숙사의 공동 목욕탕은 파프니르 여자 기숙사처럼 사우나나 마사지 욕조 설비를 갖추진 않았지만, 욕조가 크고 제법 쾌적하다.

그 목욕탕의 몸 씻는 곳에 샤워기 물소리가 울려 퍼진다.

샴푸가 눈에 안 들어가게 레오니스는 눈을 꼭 감았다.

"세리아 씨, 혼자서도 할 수 있어요."

"안 돼. 레오는 또 비누로 머리 감으려고 했지?"

섬세한 손길로 레오니스의 머리를 삭삭 긁으면서 거품을 내는 리세리아가 따끔하게 혼내듯 말했다.

"비누만 있으면 충분하잖아요."

눈을 감고 대꾸하는 레오니스.

꽃밭 같은 샴푸의 향기가 마왕과는 어울리지 않다고 생각하는 것이다.

"안 돼. 머리카락이 상해. 이렇게 고운데 말이야."

그렇게 말하고, 리세리아는 엄지로 머리를 꾹꾹 눌러 두피를 마사지한다.

"으응……."

레오니스는 무심코 신음했다.

샴푸는 내키지 않지만 리세리아가 머리를 감겨 주는 것은 솔직히 기분이 좋다.

(이건 인정할 수밖에 없어…….)

속으로 중얼거리면서, 아주 조금 눈을 떠서 거울을 보니.

목욕탕 김이 뿌옇게 낀 거울에서 머리가 곤두선 소년이 보였다.

"세리아 씨, 남의 머리를 가지고 장난치지 마세요."

"후후, 미안해."

리세리아가 짓궂게 웃는다.

(거참…….)

권속에게 놀림이나 당하다니, 마왕의 위엄은 어딜 갔는지.

"자, 물로 씻을게."

리세리아가 일어나 샤워기로 뜨거운 물을 끼얹는다.

그때, 뭔가 '물컹' 하고 레오니스의 등을 눌렀다.

"……?!"

앞으로 몸을 숙인 리세리아의 가슴이 닿은 것이리라.

레오니스는 무심코 얼굴을 붉히며 뒤돌아봤다.

"세, 세리아 씨?!"

"레오, 왜 그러니?"

샤워기를 잡고서 갸우뚱하는 리세리아.

레오니스가 열 살 소년의 외모라서 그런지, 조금도 아랑곳하지 않는 눈치다.

"아, 아무 일도 아니에요…….."

레오니스는 리세리아의 알몸을 안 보려고, 고개를 홱 돌린다.

그때, 뒤에서 '위잉' 하고 문이 열리는 소리가 났다.

"아가씨. 소년의 몸을 씻어 주고 계셨나요."

레기나의 목소리가 들려온다.

찰싹찰싹 발소리를 내면서 다가오는가 싶더니.

"소년, 거울로 리세리아 아가씨의 알몸을 봐서는 안 돼요."

귓가에 대고 속삭였다.

"보, 본 적 없어요!"

레오니스는 허둥지둥 고개를 가로저었다.

"어——? 진짜로요——?"

쿡쿡. 레오니스의 볼을 찌르는 레기나.

(큭…… 마왕에게 이토록 무례하다니!)

"레기나, 레오가 그럴 리가 없잖아."

"그래요? 소년은 생각보다 응큼하다고 생각하는데요."

"레오, 응큼하지 않지?"

"저한테 물어보지 마세요."

머리 위에서 말을 주고받는 두 알몸 소녀에게, 레오니스는 눈을 흘기면서 대꾸했다.

그때——.

"선배들. 목욕탕에선 조용히 있어야 해."

"그럼. 여기는 기숙사 공동 목욕탕이니까."

탕에 몸을 담그고 있던 사쿠야와 엘피네가 촤아악 소리를 내고 일어선다.

온몸에서 물방울이 뚝뚝 떨어지는 알몸 소녀들을 보고———

"흡……!"

레오니스는 무심코 숨을 삼켰다.

그런 레오니스의 귓가에.

"소년…… 역시 응큼하네요."

레기나가 조용히 속삭였다.

〈번외편 : 끝〉

작가 후기

　——오래 기다리셨습니다. 시미즈 유우입니다. 열 살 소년이 된 마왕 레오니스와 누님들의 학원 소드 판타지, 『성검학원의 마검사』 3권을 전해드립니다.

　이번 무대는 6년 전에 〈보이드〉의 침공으로 멸망한 리세리아의 고향, 〈제03전술도시〉. 갑자기 재기동된 폐허도시를 조사하러 간 레오니스와 소녀들이 목격한 것은——? 이번 권에서 드디어 적들이 모습을 드러내기 시작했으며, 이 책에는 앞으로 복선이 될 설정들이 좀 많이 담겨 있습니다. 그 바람에 설정을 정리한 노트를 옆에 끼고 집필해야만 했죠. 정말 힘들었습니다만, 덕분에 내용이 푸짐해졌다고 생각합니다.

　정말 기쁘게도 이 시리즈는 깜짝 놀랄 만큼 잘 팔리고 있기에, 벌써 누적 10만 부를 돌파했습니다. 다음 권인 4권에서는 이번에 얼굴만 살짝 보였던 츤데레 엘프 소녀, 아르레가 본격적으로 등장하면서 스토리도 흥미진진해질 예정이니 고대해 주십시오. 셜리와 검둥복슬이란 애칭을 지닌 브라커스, 봉인된 제3의 권속, 레오니스 이외의 마왕 등, 『옛 멤버』의 활약도 늘어날 예정입니다.

　『성검학원의 마검사』는 현재, 월간 소년 에이스에서 케이겐 아스카 선생님의 만화판이 연재되고 있습니다. 레오니스와 리세리아가 풍부한 표정을 보여주고, 전투 장면 또한 박력 넘치게 묘사되고 있습니다. 독자 여러분도 꼭 봐주시면 감사하겠습니다.

또한, 인기 성우이신 토야마 나오 씨의 스페셜 PV&미니 보이스 드라마가 공개 중입니다(놀랍게도 레오니스와 리세리아를 1인 2역으로 맡아 주셨습니다). 이쪽도 꼭 들어봐 주십시오(리세리아의 목소리가 제 상상과 똑같아서 감동했습니다!)

마지막으로 감사 인사를 드릴까 합니다. 이번에도 바쁘신 스케줄 중에 최고의 표지&삽화를 그려 주신 토사카 아사기 선생님, 정말 감사합니다. 핀업 사양의 리세리아는 벽에 장식해서 감상하고 싶을 만큼 아름답습니다.

담당 편집자님, 디자이너 님, 교정자 님, 이번 권에서도 신세 많이 졌습니다. 덕분에 이렇게 책을 낼 수 있었습니다……!

그리고 이 책을 읽어주신 독자 여러분, 진심으로 감사드립니다. 이 시리즈가 앞으로도 계속 이어질 수 있도록 최선을 다할 테니, 많은 응원 부탁드립니다. 작품 감상은 큰 격려가 되니, 많이 보내 주셨으면 합니다……!

다음 권의 무대는 〈성검학원〉입니다. 많이 기대해 주세요!

2019년 12월 시미즈 유우

역자 후기

안녕하십니까. 근로청년 번역가 이승원입니다.

『성검학원의 마검사』 3권을 구매해 주셔서 진심으로 감사드립니다.

이번 『성검학원의 마검사』 3권에서는 리세리아의 고향 〈제03 전술도시〉에서의 이야기가 다뤄지고 있습니다.

6년 전, 〈스탬피드〉에 멸망한 도시에 나타난 〈보이드 로드〉.

그 정체는 〈육영웅〉의 〈성녀〉! 레오니스와 악연으로 얽혀 있는 그녀, 그리고 모습을 드러낸 흑막(?)격 존재가 이번 편을 이끌어 가고 있습니다.

아, 그 외에도 신 캐릭터가 있었군요. 엘프의 용사 아르레! 레오니스의 적인 그녀가 앞으로의 이야기에서 그와 어떤 관계를 만들어갈지 벌써부터 고대되고 있습니다.

뭐, 그래도 리세리아가 너무 막강한 게 문제지만요. ⋯⋯이번 권에서 방어구까지 얻으면서 비주얼적으로 더욱 강렬해진 그녀를 여러가지 의미에서 위협(^^)할 만한 존재가 과연 등장하려나요⋯⋯. 그런 부분까지 포함해, 앞으로의 전개를 독자 여러분과 함께 고대하고 싶습니다!

　그럼 이만 줄이겠습니다.

　항상 멋진 작품을 맡겨주시는 노블엔진 편집부 여러분, 감사드
립니다. 앞으로도 잘 부탁드립니다.

　이사온 집이 멀다고 절대 안 오는 악우들이여. 요즘 시국 때문에
모임도 힘들 것 같다. 그냥 너희 집으로 파티용 고기 사 둔 걸 보내
주마. ㅠㅠ

　마지막으로 제게 버팀목이 되어주시는 어머니와 『성검학원의
마검사』를 읽어주신 모든 분께 진심으로 감사드립니다.

　암살 메이드의 진수(-_-;)를 볼 수 있는 『성검학원의 마검사』
4권 후기에서 다시 뵙겠습니다!

2020년 11월 말
역자 이승원 올림

성검학원의 마검사 3

2021년 02월 25일 제1판 인쇄
2021년 03월 01일 제1판 발행

지음 시미즈 유우 │ **일러스트** 토사카 아사기

옮김 이승원

발행 영상출판미디어(주)
등록번호 제 2002-000003호
주소 21311 인천광역시 부평구 평천로 132 (청천동)
전화 032-505-2973(代) │ FAX 032-505-2982

ISBN 979-11-6625-684-4
ISBN 979-11-6524-662-4 (세트)

SEIKENGAKUIN NO MAKEN TSUKAI Vol.3
ⓒYu Shimizu 2020
First published in Japan in 2020 by KADOKAWA CORPORATION, Tokyo.
Korean translation rights arranged with KADOKAWA CORPORATION, Tokyo.

구매 시 파손된 도서는 구매처에서 교환하실 수 있습니다.
기타 불편사항, 문의사항이 있으신 독자님께서는 노블엔진 홈페이지
[http://novelengine.com] 에서 Q&A 게시판을 이용해 주시기 바랍니다.

 노블엔진(NOVEL ENGINE)은 영상출판미디어(주)의 라이트노벨 및 관련서적 브랜드입니다.

첫사랑의 실연을 복수한다?! 애니메이션 제작 발표!
'소꿉친구가 절대로 지지 않는 이야기' 개막!!

소꿉친구가 절대로
지지 않는 러브 코미디
1

◆

카치 시로쿠사. 현역 여고생 미소녀 작가, 그리고 내 첫사랑. 남들 앞에서는 접근하기 힘든 오라를 내는 그 아이도, 내 앞에서는 웃는 얼굴로 이야기해 준다! 이거 가능성이 있지 않아!?

그런데 그 시로쿠사에게 남자친구가 생겼다고 한다……. 그리고 실의에 빠진 나에게, 내가 고백을 거부한 소꿉친구 **시다 쿠로하**가 속삭이는데──.

그렇게 괴롭다면 복수를 하자.
최고의 복수를 해주자.

**첫사랑과 첫사랑, 복수와 복수가 얽히는
신종 러브 코미디, 등장!**

©Shuichi Nimaru 2019
Illustration : Ui Shigure
KADOKAWA CORPORATION

니마루 슈이치 지음 │ 시구레 우이 일러스트 │ 2021년 3월 출간
청춘의 상상, 시동을 걸어라!

제15회 MF문고J 라이트노벨 신인상 《최우수상》 수상작
지금은 죽고 없는 명탐정의 조수는 무엇을 생각하는가——.

탐정은 이미 죽었다

1~2

고등학교 3학년인 나, 키미즈카 키미히코는 한때 명탐정의 조수였다.

"너, 내 조수가 되어줘." ——시작은 4년 전. 지상 1만 미터 위의 상공. 하이재킹을 당한 비행기 안에서 나는 천사 같은 탐정 시에스타의 조수로 선택되었다.

그로부터 3년, 우리는 눈부신 모험극을 펼쳤고—— 죽음으로써 헤어졌다. 홀로 살아남은 나는 일상이라는 이름의 현실에 빠져 안주하고 있었다. ……그걸로 괜찮냐고?

괜찮고말고. 다른 사람에게 피해를 주는 것도 아니니까.

그렇잖아? 탐정은 이미, 죽었으니까.

 니고 쥬우 지음 │ 우미보즈 일러스트 │ 2021년 1월 출간
청춘의 상상, 시동을 걸어라!

어느 날 갑자기 이세계로 넘어가 보니, 내가 집사고
선배가 악역 영애?! 비극을 피하고 원래 세계로 돌아가라!

전생종자의
블랙 크로니클
악정개혁록

1

좋아하는 여자 선배와 하교 중에 이세계로
전생한 유리. 몰락 귀족의 자식으로서 자신
이 섬기는 오만불손 귀족 영애를 만나러 가 보
니…… 갑자기 자신에게 엎드려 빌었다?!

평소와 다른 귀족 영애의 상태에 당황하면서
도, 우연히 자신과 똑같이 전생한 선배임을 깨
닫는 나.

그런데 원래 세계로 돌아가려면 선배(=귀족
영애)가 모략과 결혼이 판을 치는 궁정에서 살
아남아야 한다고?!

**악역영애(=선배)를 섬기는 종자가 되어 배드
엔딩을 피해라!**
전생 주종의 이세계 생존기!!

 카타리베 마사유키 지음 | 토사카 아사기 일러스트 | 2021년 2월 출간
청춘의 상상, 시동을 걸어라!

우리 옆집엔 천사님이 산다── 무뚝뚝하면서도 귀여운
이웃과의 풋풋하고 애틋한 사랑 이야기.

옆집 천사님 때문에 어느샌가 인간적으로 타락한 사연

1

●

후지미야 아마네가 사는 맨션 옆집에는 학교
제일의 미소녀인 시이나 마히루가 살고 있다.
두 사람은 딱히 이렇다 할 접점이 없지만, 비가
오는 날 흠뻑 젖은 시이나 마히루에게 우산을
빌려준 것을 계기로 기묘한 교류가 시작되었
다.

혼자서 너저분하게 대충대충 사는 아마네를
차마 보다 못해, 밥을 차려 주거나 방을 청소해
주는 등 이것저것 챙겨 주는 마히루.

가족의 정을 그리워하면서 점차 다정한 모습
을 보이기 시작하는 마히루. 그러나 그 호의를
알면서도 자신감이 없는 아마네. 두 사람은 자
신의 마음에 솔직하게 굴지 못하면서도 조금씩
서로의 거리를 좁혀 나가는데 …….

사에키상 지음 | **하네코토, 카즈타케 하자노** 일러스트 | **2021년 2월 출간**
청춘의 상상,시동을 걸어라!